恋のおばんざい

The story of love in small dishes cafe

天下国家への手紙

（Letter to the nation-state）

西川正孝

Nishikawa Masataka

ブックウェイ

目次

恋のおばんざい

——天下国家への手紙——

一、かぐや姫

「これでは、どうどすか？」と、若い女子店員は言った。

「そちらのを見せて下さい」と、幸成《ゆきなり》は指をさした。

店員は棚から、洒落たリュックサックを降ろしてきた。

「どうぞ、お身に付けてみておくれやす」

そう言われて体に装着し、鏡の前へ行った。

「大きさ、デザイン、色、機能全て良いですね。えーっと値段は？」

「一万五千円どす」

「結構いい値しますね」

「イタリア製ですよって」

「少し高いが、気に入ったから、これにします」

「おおきに、ありがとうさんどす」

店員が商品を袋に入れかかっているところを、先ほどからリュックを探していた若い女性客が、申し訳なさそうに頼んだ。

「そのリュックサック、見せて頂いて宜しおすか？」

店員は幸成に目で許しを請うて、若い女性に見せた。

「これ宜しおす。付けてみて宜しおすか？」

「どうぞ」と言われて体に装着し、鏡の前へ行った。

「やっぱりこれ宜しおす。もう在庫有らしまへんか？」

「申し訳あらしまへん。今日はこれしか無いのどすえ。七日ほどいただいたら、お取り寄せできますが？」

「そうどすか。残念やわ。使いたいことがあったので。ごめんなさいね。厚かましうして」

「あのう、宜しかったら、あなたが先にお持ち下さい。私は後で良いですから」

と言って、幸成は譲った。

「嬉しおすわ。でも、あなたはそれで宜しおすの？」

「気にしないで、どうぞ」

「ありがとうさんどす。良かったわ」

「偶然にも同じものを、同じ時に気に入ったんですね。良い物は良いですね」

「へえ」

「お客様すみません。取り寄せておきますので」

店員は幸成に申し訳なさそうに言った。

「このデパートによくいらっしゃるのですか？」と、若い女性客は問うた。

「いいえ、私はデパートで買い物することはめったにないんですよ。いつも安い所ばかりです。たまたま通りかかって、立ち寄って気に入ったんです」

「それじゃ今度、わざわざいらっしゃるのでは？」

「また。その頃この近くを通りますので」

「本当にすみません」

「いいえ、気になさらずに。それでは、私はお先に失礼します。また来ますから」

店員に引換券をもらって幸成はデパートを出て、行きつけの〔おばんさい〕というか、割烹というか、ひいきにしている小料理店へ、夕食に行った。


十日ほど経て、幸成は一人、清滝から愛宕山への登山道を歩いていた。まだ夏の名残が濃く、蝉の声も暑苦しい。水の音が涼を感じさせ、紅葉よりもまだ緑が濃い盛りであった。この道は上り下りがなく、効率の良い登りである。言い換えれば疲れる道である。

少し登った所で、道端で穴から湧き水が出ているのを見つけた。生き返った気持ちで水を飲んだ。飲み終わった頃、穴の中でグー、グーと鳴き声がして、のぞき込むと大きなガマガエルが座っていた。気持ち良く飲んだ水が彼の排泄物のように思えて、一転して気持ち悪くなった。

また歩きだした。

少し歩いていると、道の左手にある竹藪の中で、ガサガサと音がした。ギクッと身を縮め、音の方を見た。熊が出るかも知れないからである。

すると一人の若い女性が出て来て、恥ずかしそうに幸成の方を見て会釈した。

「ガマガエルで驚いて、今度はかぐや姫」

「驚かせてごめんなさいね」

「お便所が無かったもので、ここで…あら、恥ずかしいことを…私って…」

そう言って赤くなっている。

「山に入ると女性は困りますね。もっと配慮が欲しいですね」

よく見ると美しい女性で、女優のような輝きがあった。

「あなたはかぐや姫や」

「はいっ?」

「竹藪から出て来たもんね」

「恥ずかしいわ…もう竹藪は忘れて下さい」

「ごめんなさい。無粋者で」

女性は笑顔で幸成を見て、

「先ほどガマガエルと…もしかして、あなたも？」

「ハイ、あなたも？」

「ええ」

二人は笑った。

「愛宕さんへ行かれるのですか？」

「ハイ」

「宜しければ、私も御一緒させて頂いて良いかしら？」

「かぐや姫と御一緒できるなんて光栄です」

「あら、また、かぐや姫…」

「でも、やっぱりかぐや姫だ。その方が楽しい」

「ウフフ…狐かもね」

「あなたのようなお狐さんなら、大歓迎ですよ。で、尻尾は？」

そう言って彼女のお尻を見た。

「いやだ～。恥ずかしいわ。大きなお尻でしょ」

「あ～あ、レディに対して、また無粋なことしてしまった。これだから駄目なんだな。

重ね重ねごめんなさい」

彼女は楽しそうに笑って、首を横に振った。

二人は横に並んで歩きだした。

「私、同じ故郷の友と待ち合わせていたのに、遅れちゃって。はぐれてしまったのです。その上、道に迷って…携帯電話も持ち忘れて…」

「お気の毒に…私も携帯電話は家に置いたままです。でも不自由は感じません」

「私も同じです。その癖がついてしまって、いつも友に怒られているんです」

「あなたのお友達、心配なさっているかも知れませんね」

「でも、このようなこと、何度か有るので」

喋り方が滑稽だったので幸成は吹き出してしまった。

「また無粋なことを。ごめんなさい」

「いいえ、私、方向音痴なんです」

「これからは分かりやすい道ですから、迷いっこありませんよ。でも、結構きついですよ。標高九二四メートル有るし、上り下りのない直登に近いですから」

「まあ大変。何度か登られたのですか？」

「三度目です」

「頂上から北の方への道が有るのです」

「以前はそちらへ」

「ハイ。恐る恐る」

「どうしてですか？」

「熊五郎と出くわしたら怖い。臆病者ですから」

二人は笑った。

「大変な道なのですね？」

「背丈より高い熊笹が群生しており、道無き道を歩いた感じです」

「お山お好きなんですね？」

「街の雑踏も疲れるし、他に遊び方知らないんです」

「私も遊び方知りません」

お互い顔を見て笑った。

「大阪の方ですか？」

「分かりますか？」

「お話の仕方がなんとなく」

「とうとう大阪人になってしまったか」

また二人は笑った。

「お国は？」

「三重県です」

「京都にはよくいらっしゃいますの？」

「このところ来ることが多いのです。昨日も仕事で。夕べ、ずぼらして大阪に戻らず、ホテルに泊まって、ここへ来たというわけです」

横に並んで歩いているから、二人の手が当たってしまった。

「ごめんなさい」と、言って幸成は離れた。

「いいえ」

話しながら、頂上にある愛宕神社の境内に着いた。

「結構きついでしょう？　お疲れじゃないですか？」

「いいえ、ちっとも」

「ここからの眺め、なかなか良いでしょう」

頂上からは京都市内が一望できる。

「ええ、素敵です」

京都の景色を見た後、二人は境内の端に座り、幸成はリュックから弁当と缶ジュース、冷凍ミカンを取り出した。彼女は何も持っていない。

弁当は駅で買ったもので、一つしか無い。

幸成は割り箸を二つに割ると、中身の半分を折り箱の蓋に分けて、片方を彼女に勧めた。彼女は遠慮して食べようとしなかったが、説得して、やっと口に入れてくれた。

缶ジュースも一つしか無い。飲み口の穴を二つ開け、彼女も何とか飲んだ。駅で買った冷凍ミカンは幾つか網袋に入ったもので、溶けてちょうど食べやすくなっていた。ほおばった後、幸成は横になり、空を眺めた。

「良い青空や」

彼女は行儀良く横に座って、幸成の顔を見ている。

幸成はかぐや姫の顔を見ながら言った。

「あなたの顔を見るとホッとすると言われませんか？　私はそう感じるのですが」

「いいえ。そのようなこと言われたの初めてだわ。喜んで良いのかしら？」

「良いと思います。このまま一眠りしたいところだが、そうもしておれない。そろそろ下山しましょうか？」

「はい」

「登った道を降りるのも変化が無いし、別の道にしましょう」

そう言って幸成は立ち上がり、枕にしていたリュックを背負った。

「足、どうもないですか？」

「大丈夫です」

「以前、グループで来たことがあるのですが、友は痔になったとか、女性は足が浮腫んだとか、さんざん言われました」

二人は笑った。

月輪寺を通り、清滝へ下りる途中、滝だろうか、水の音が聞こえてきた。

静に描《か》く　一条の汗　水の音

幸成は声に出さず、詠んだ。

二人は清滝に下りて、バスなど乗り継ぎ、四条烏丸に着いた。

「お腹空いたでしょう。付き合いついでに、もう少し付き合って下さい」

そう言って、幸成はおばんざい「さよ」へ行った。

幸成の顔を見るなり、女将が言う。

「あら、今日は可愛いお嬢さんをお連れやして…」

幸成の後ろにいた彼女は小さく頭を下げた。

「紹介します。かぐや姫です」

「ええ？　何と？」

「愛宕さんの竹藪で拾って来ました」

「ああ、そういうこと」

「何か食べさせてよ。二人とも腹ぺこ」

二人はカウンターに席をとった。

「はいはい、すぐ出来ますよって」

女将は小夜という。三十歳にはなっていない容姿。

店は彼女一人で切り盛りしている。

小鉢など、並べられた料理をほおばりながら幸成が言う。

「ここの料理は美味しいでしょう。私のお気に入りなんです」

かぐや姫は楽しそうに会釈した。

「美味しい。お弁当も美味しかったけれど…」

「駅弁だけどね」

「でも…」

「お二人でお食べにならはったから、美味しかったんどすえ。きっと」

「あらっ」

かぐや姫は赤くなった。小夜はその様子を見逃さなかった。

幸成は箸や弁当など、何もかも二つにして与えてくれた。今日一日一緒に行動して、さりげない優しさに触れ、彼女は心を動かされている。小夜の言う通りだった。

食べ終えると、幸成が言った。

「今日は疲れた。かぐや姫を駅まで送って、私もこのまま帰ります」

「ゆっくりお休みやす」

小夜に声をかけられ、二人は店を出た。

「今日は楽しい一日になりましたわ。はぐれたお陰で」

「私も良い一日になりました。まさか、あなたのような方と一日御一緒できるなんて……」

二人は駅の近くで別れ、幸成は阪急梅田行き特急電車の座席に座ると、眠ってしまった。


数日して、幸成は再び「さよ」に寄った。

「この前、お連れやしたかぐや姫さん、昨日、来やはりましたえ」

「ここの料理は美味しいからな」

「幸成はんお目当てやわ。きっと」

「それはない。こんな無粋者、女性にもてないんですよ」

「あら、そうかしら。うちには、そうは見えまへんえ」

「そんなこと言ってくれるのは、小夜さんだけですよ」

「あのお嬢さん、幸成はんのこと好いていやはるえ」

「もう、からかうのはよして下さい」

「あら、あら…で、あのお嬢さん、二十一、二歳ぐらいどすか？」

「そう言えば、歳どころか、どこの誰かも、何も聞いていなかった」

「そんな失礼なこと。聞いてあげなければ…」

その会話を割くように戸が開くと、恰幅の良い五十代半ばの商売人風の男が一人で入ってきた。幸成は何度か見ているが、今まで話したことはない。

今日はカウンターにいた幸成の隣に座った。お互い黙礼をした。二人ともいつも決まったものを食べるので、注文しなくても小夜には分かっている。

男は小夜に杯を二つ用意させ、銚子を持って幸成に酒を勧めた。

「ありがとうございます。でも、御厚意だけ頂きます。私は全くの下戸なのです」

「前々から、あんさんと話してみたいと思うておりましたのや」

「私もゆっくりお話ししたいですが、明日の準備がありますので、今日は食事が済んだら失礼します。次の機会を楽しみにしています」

「あては京和菓子屋の主人で、鳥居重治や。あんさんは？」

「大学と学習塾の非常勤講師をしている秋村幸成と申します」

「まだ、お若いようやが？」

「二十八歳です。宜しく」

「あてこそ宜しく」

幸成は食事を済ませ、

「今日は　めぐりあひて　見しやそれとも　わかぬ間に…ですね」

と小夜に言い残し、店を出た。

小夜は嬉しそうに含み笑いをしていた。


数日経った夕刻、幸成は「さよ」の引き戸を開けた。

京和菓子屋の主人、鳥居重治はカウンターに座って小夜と話しながら、ちょくを口に運んでいた。幸成を見つけた重治は、幸成を右側に座らせて言った。

「今日はゆっくりできそうですか？」

「はい」

そのうち、かぐや姫も入ってきて、会釈すると幸成の右に座った。

「お約束でもしてはったんどすか？」

「いいえ、全くの偶然です」と幸成が答えた。

「幸成はんとお呼びして良いですか？」

重治は言った。

「光栄です。そう呼んで下さい」

「その方、幸成はんの？…」

重治は意味を込めて尋ねた。

幸成はかぶりを振る。

「そんな言い方されますと、彼女に失礼になります」

そう言って経緯を話した。

「私、望月春香と申します」

春香はお辞儀をした。

「女優さんみたいな名前やな」と幸成は言った。

「綺麗なお人や」と重治が言う。

「春香さんとお呼びして宜しおすか？」と小夜が聞いた。

「はい」

「何になさいます？」

「幸成さんと同じものを」

そう言ってから春香は赤くなった。

「ところで、幸成はん、よく京都へおいでやすのか？　言葉使いは大阪のようだが？」

重治が言った。

「今は仕事で、よく来ています。それに京都は好きです」

「京都の何がお気に入りで？」

「古いものや新しいもの、日本の美や技術が凝縮されています。それに、古いものも古くは感じさせず、全てが新鮮なんです」

「さようで？」

「最先端の技術も京都で生まれることが多いですよね」

「ふーん」

「最近では京都大学、山中伸弥教授のｉＰＳ細胞」

「ｉＰＳ細胞とは、例えば、血液や皮膚から、心臓、神経、肝臓など様々な細胞になれる能力を持った多能性幹細胞で、再生医療には重要とされている。」

「ノーベル賞やな」

「ノーベル賞は最終目的でなく、これからやと、山中教授は自ら体を張り、マラソンに出て研究資金を集め、人類のため奮闘していらっしゃる。あんな研究者を見たことが無い」

「うん、偉いお人や」

「ｉＰＳ細胞研究所の、優秀な研究者の方々の人件費や研究のための備品、パテント費用他多くは、国や大学から支給されているのではなく、寄付のような資金で賄われているようです。二〇一五年九月に聞いた話では、国や大学から支給されている資金での正規採用者は僅か二八人。五年の期限付き採用者は三二五人で、研究者の方々の多くは、安定した生活が保障されているわけではないのです。世界の最先端を走っているこの研究者の方々は、五年経つと全て寄付で賄われるのです。そして、世界の最先端でなければならない理由は、アメリカなどのベンチャー企業に特許などを先に出されてしまうと、日本は高価な使用料を払わなければならなくなります。研究所が先に特許を取ると、無料で研究者に技術を提供でき、研究が加速するのです。それが人類のためになる。そういう高い志で研究されているのです。私たちは寄付や血液や皮膚を提供して、応援しなければならないのです」

「近くに住んでいるのに、それは知らなかった」

「このことをもっと多くの人が知り、寄付というか、私は投資するべきと思います」

「なぜ、あんさんがそんなに力入れはるのですか?」

「投資と言いましたのは、大きくは人類のためではあるけれど、何らかの形で必ず、大きなリターンとなって報われます。そして、日本が絶対的先頭を走ることによって、日本経済にも大きく反映されると信じています」

「経済に結び付けましたか」

「ゲノム(生物が持つ遺伝情報)編集と共に、きっと医療革命が起こります。もし、自分の目に見える形でリターンが欲しければ、その関係の会社の株式銘柄を買っておくのも良いでしょう。ともかく、少しずつでも多くの人が応援しなければなりません」

「なるほど。おかしなお人や。あんさんに、ますます興味湧いてきました」

「つい熱が入ってしまって。すみません。私の悪い癖です」

「いやいや、寄付のこと、あても考えてみます」

このようなことを幸成が話すのも、こんなに力を入れて喋るのも、小夜や春香は初めて聞いた。幸成にこのような一面があったのかと、春香は目を丸くして聞いていた。

重治は携帯電話を取り出した。

「和子、菓子折三つ、さよに持ってきてくれないか。お菓子は和子が選んで詰め合わせてほしい」

そう言って、また幸成と会話を始めた。

そのうち菓子折を持って、和子が現れた。

「ごめんやす」

「おいでやす」

「ああ、和子、あての隣へおいで」

そう言って重治は自分の左へ招いた。

「紹介する。このお人は秋村幸成はん、その隣は」

ここまで言った時、幸成と和子は同時に「あっ」と声を出した。

「あのおりは、ありがとうおした。ずーっと、また、お会いしたいと思っていました。お会いできて嬉しおす」

「やはり、あの時の…」

「なんや、もう面識がおましたか。して、どこで？」

「それは秘密でおます。ねっ」

幸成を見て、口を封じるように言った。

そのやり取りに、春香と小夜は良い気分はしない。

「うち、和子と言います。宜しく」

「こちらこそ」

「和子という名は和菓子から菓を抜いただけどすえ。大事な娘の名を付けるのに、あまりにも、横着すぎません？　ねっ！」

あまりの面白い言い方に、幸成は笑いながら重治に尋ねた。

「お父様は菓子一筋では？　その思いを娘さんに託されたのでは？」

「その通りでおます」

「ま、お二人、意気投合しやして…」

「菓子一筋のお父はんが、小夜さんの所へ通っているのだから」

屈託なく話す和子に幸成は楽しかった。

「あら、うち、ちょっと喋りすぎたわ。恥ずかしい」

他に客は三組ほど、飲みながら話している。

春香は話す機会が見つからないまま成り行きを見ている。

「この方は望月春香さん」

幸成が紹介すると、和子と春香は会釈した。

「幸成さんの良い人？」

あまりにも唐突な和子の問いかけに、返答に困った春香は幸成を見た。この思いもよらない展開に、重治は以前聞いていたかぐや姫の経緯を話した。

「あてらはもう退散しますよって」

そう言って、菓子折を、小夜、幸成、そして、春香に渡した。それぞれが礼を言った。

「気にしないでおくれやす。今日の売れ残り物ですよって。幸成はん、また、お話、聞かせておくれやす。あの寄付は約束します。少しですが…」

「この、しぶちんなお父はんが寄付？　幸成さん、何、話しはったん？」

「さ、帰ろう」

重治は和子の肩に手をやり促した。

「うち、幸成さんともう少し話しとうおすのに」

「今日は帰ろう」

重治は強引に和子を連れて店を出た。

やっと質問する機会が出来たように、春香は口を開いた。

「和子さんとは、どこでお会いになったのですか?」

幸成はデパートのリュック売り場の経緯を話した。小夜も聞き耳を立てていた。

春香は安心したかのように話題を変えた。

「寄付を投資として経済に結び付けるようなお話、聞いたことがありません。あなたは他の人とは何か違うと思っていましたが、今の自分に直接関係ない寄付のことで、あそこまで熱くなれるなんて…」

「私は何でもグローバルに考えることにしているのです。そして、寄付については、お金持ちには沢山提供してほしいと思いまして。そうすることが応援のお手伝いにもなりますし」

「これからも、お話いっぱい聞かせて下さい。勉強になります」

「あなたのような女性とは、もっとロマンチックな話ができると楽しいと思うのですが?」

そう言ってから、幸成も少し調子に乗りすぎていると思った。

「まあ…」

「今日は、もう帰ります。あなたは？」

「私も」

勘定を済ませ二人は外に出た。

歩きながら春香が言った。

「もう少し、御一緒お願いできますか？」

「はい。光栄です。喫茶店でも入りますか？」

「はい」

窓辺の席について、フルーツジュースを注文した後、春香が聞いた。

「突然ですが、宝塚歌劇、見に行かれたことありますか？」

「下宿している時、幼い子供のいる大家さんに誘われて、家族と一緒に行ったことがあります。華やかな舞台や綺麗な衣装は印象に残っています。しかし、すぐ寝てしまいました。ああいう所は私に合わないようです」

「そうでしょうね。私もそうだと思っていました」

「なぜ、今、宝塚なのですか？」

「少女の誰もが夢を見るように、私も憧れて宝塚音楽学校へ入りました。一応、全てを修了し卒業しました。でも、舞台には上がらず宝塚を去りました」

「あそこは教育や訓練が厳しいと聞いています。せっかく修了され、憧れの舞台を目の前にして、どうなさったのですか？」
「あなたが先ほどおっしゃったように、華やかな舞台や衣装、それに芸を演じること
は、私には不向きだと気づいたのです」
　幸成はジュースを飲みながら、時々彼女の目を見て聞いている。
「あの愛宕山での一日、何の飾り気もなく開放的で、少ない食べ物も分けて下さって、
少しの警戒心も持つことなく、心豊かに過ごせたこと、あんな幸せな気分になれたの
は初めてなのです。あの日、同じ金沢出身の友と待ち合わせたのですが、迷子になっ
たのが幸運でした。後で友に電話で謝って、あの一日のことを話したら羨ましがって
いました。幸成さんはどなたにも、あんなにお優しいのですか？」
「優しいですか？　でも、私のような者があなたのお役に立てたのなら、嬉しいで
す」
「ここでは、このようなこと話せましたが、あそこでは小夜さんの目が怖くて、でも、
あそこに行けば幸成さんにお会いできる、そう思って何度も行きました。それに、今
日お目にかかった和子さんの目も気になります」
「みんな普通じゃないですか？」
「女の私にはよく分かるのです。お二人とも幸成さんのことが気になるのです」
「それは無いと思います。それより、あなたは綺麗だから、女性の敵が多いのではな

いですか？　女同士の僻み、やっかみ、嫉妬とか…それに私の心は全くの自由で、誰にも媚びへつらうことなく、横柄にならず、対等に接するようにしています。それがもう身に付いてしまって、地位や名誉があったり、横柄な人の中には私を非難する人もいます。でも、やっぱり私は私なのですから…」

「私には、幸成さんがそのような人だと初めから分かりました」

「ありがとう」

「でも、相手が女性なら、そうとばかりは言っていられません。あっ、ごめんなさい。余計なこと申しまして」

「気になさることはありません」

春香はハンドバッグからメモ帳を取り出し、「これ、私の連絡先です」と言ってメモを渡した。

「連絡お待ちしています」

春香の顔は赤く、体は硬くなっている。

ここまで言うのが精一杯のことだったのである。

女性にここまでさせて、幸成は連絡先を教えないわけにはいかなかった。小夜にも教えていない電話番号を教えた。

外に出て二人は別れた。

連絡先を聞くことができたが「幸成さんは独身なんだろうか」と春香に不安が湧いてきた。そこまで聞く勇気がなかったのである。

春香は家に帰ってあれこれ迷ったあげく、聞いた番号に電話を掛けると、幸成が出てホッとした。

「春香です。今日は本当にありがとうございました。それだけ言いたくて、お休みなさい」

やっと、なんとか言い終えて受話器を置いた。


数日して、幸成は仕事の帰り、「さよ」に寄った。

「今日は早うおいでやして」

「仕事が早く済んだもので」

幸成はいつもの席に腰を下ろした。

「いつものので、宜しおすな？」

「お願いします。今夜は私が一番乗りのようですね？」

「ええ、サービスしますよって」

幸成はリュックから取り出した書類に目を通している。

「あのお嬢さん、あれから来てはりまへんえ」

「そうですか」

「どこかで、会っておいでやすのか？」

「いいえ」

「和菓子屋のご主人が幸成はんに会いたがっていやはったえ、恋人みたいに」

「光栄なことです」

幸成が食事を始めた頃、和菓子屋の主人重治が入ってきた。

「今日は会えましたな」

そう言って幸成の左へ着座した。

「噂をすれば何とやら、いつもので宜しおすな」

「ああ、そうしておくれ」

「あんさんの話は、あてには新鮮や。今日も楽しみしてます。宜しおすな」

「私の何が？」

「何もかもや。あての周囲の人の話は身の回りのことばかりで、話がこまい」

「何を喋って良いのやら」

入ってきた客が、ギリシャのデフォルト（債務不履行）危機の話をしていた。

「ギリシャのことは、どう思われておいでで」と重治が言った。

「私は結論として、ギリシャはユーロ離脱をしなければ再生しないと思います。経済力の違う国が同じ価値の通貨を使用すると、必ず歪みが生じてきて、自浄作用というか、自己治癒力というか、自己回復力が働かなくなりますから…。ギリシャのことより日本のことが気になります。身近なことでは、大阪都の賛否投票です。大阪都という名称はどうでもいいのですが、せっかくの改革チャンスを僅かな投票差で失ってしまいました。夕張（デフォルトした）やギリシャ化の道を選んでしまったのです。反対議員は議席が減るのを恐れ、効率化を進めることで既得権益や職を失う懸念を持つ勢力も多く、市民の多くは目先の利を求めた結果になって、私は非常に残念に思っています。国も地方も借金が多すぎます。大阪が二重行政を無くしたり、改革の先達になれたら良かったのですが…」

「あてもそう思います」

「人口は急速に減り、高齢化が進み、国民からの税収が伸びるどころか、どうしても減ってしまいます。特に人口の少ない地方など、家は分散して存在するから、防災工事、道、橋、上下水道、ガス、電気、電話など、効率の悪いインフラ、交通手段などの費用や維持費用が発生します。地方の住民の収入は少なく、納税どころではないし、これらは都市圏の税金や国債、地方債など借金で賄われます」

「うん、うん」

「何年か前、私の田舎に橋だらけ、道だらけ、という具合に立派な橋や道を作りまくって。各家の前まで。そして、たまにしか利用しない山道まで舗装をした。更には、米の減反を進める中、農地の改良までして、立派なインフラを整え、あげくの果て、過疎化や耕作放棄地となるのですが、これを日本中に作って大きな借金の一つにもなっています。このようなことは予想できたはずなのに、政治家は票獲得のため、行政担当者は怠慢と言うしかありません。馬鹿を通り越しています。地方の住民は自分たちが税をあまり納めていないのに、便利さを自治体へ要求する。今でも言えることですが、国中そのような考えの人が多い。自ら行動するのでなく、してもらえる、してほしいと思っている。何か改造するとなると、総論賛成でも、自分に関係した不利益なことになると反対になる」

「そうでおます」

「これは行政の無駄でも言えることです。これでは、いつまで経っても良くなりません。みんな御存じだと思いますが、企業も公的機関も三月の決算が近づいて期初に取得した予算が余っていたら、無駄なものに使い切ったり、特に非上場の企業など、大きな利益が出た場合、何らかの名目を付けて費用を増やし納税を減らす努力をしている。日本の企業の七〇%が納税していない現実。しかし、赤字で毎年納税していなくても、倒産せず、事業は継続し続けている。こんな不思議なことも少なくないのです。それに、客から消費税を徴収しておいて、納税しない商店も結構あるようです。国民は商店に税を納めているのではないのですよね」

「あても腹が立ちます」

〔二〇一三年のニュースによると、国税庁が発表した二五八万社のうち、七二・三％が欠損法人。ちなみに、ほぼ九九％が資本金一億円以下の中小企業である。〕

「これだけIT技術が進んでいるのだから、レジと税務署を直接結べば良いことで、この納税していない事業者から徴収することで、かなり税収も増えるでしょう。また最近ふるさと納税が進んでいるが、これは税金をどこに納めるかが違うだけで、国に納める絶対額は変わりません。地方都市も他府県の金を当てにせず、自ら税収を生み出す努力をしなければ国は豊かになりません。もっと知恵を絞って特徴ある産業を創生し、人口を増やさなければ、いずれ各地方も成り立たなくなります」

「税収総額は変わりまへんのやな。うっかり勘違いするところどした」

「労働についても、昔と比較すると生産性は上がっているのに、人口が減るに従い需要は減るから、仕事や雇用も減るのです。それゆえ企業も設備投資をしにくくなってきました。仮に新しいビジネスを始めても、それなりの知識や能力が必要となり、誰にでもできるものではなくなって、今までの資格や能力が通用しないケースが多く、いわゆるミスマッチとなったのです。大学で学ぶことも全てが最先端ではないのです。それに大学を出たから誰もが最先端に適合する能力を持っているとは限らず、何のために大学へ行ったか分からなくなります。農業には農業、林業には林業、技能や土木、介護など、それぞれにあった職業選択、学歴選択も必要で、誰も彼も無理をして高学歴を目指すことも無駄なことなのです。ここで農業のことも少し考えてみましょう。米の減反政策は米を作らなければ補助金が出る。生産しなければ金が出る。こんなことがあって良いのでしょうか。生産しなければその補助金だけで、年間六千億円もの無駄使いをしている。今は米の輸入に七七八％の関税がかけられている。貿易を完全無関税化すれば、一九九三年の通商交渉（ウルグアイ・ラウンド）で、米の輸入に対してかける関税の代わりに合意したミニマムアクセス米七十七万トンもの無駄な米の輸入もしなくて済み、これで発生する莫大な輸入費用、運搬費用、保管費用なども要らなくなるのです。二〇一八年にはこの減反政策も打ち切るそうですが、実に長い間続けたものですね。それに、目先のみの後ろ向きの減反政策を続けると、競争力は付かないばかりか、土地も手放さないし、耕作放棄地は増える。収入も増えず、人口は減り、代わりに野生動物が急速に増える。いったん耕作放棄地にすると山林化してしまい、元の田畑に戻すには、大きな費用や労力が必要となる。農地など規制してきた弊害は言うまでもなく、もう実証済みで、規制は早く取っ払い企業や大きな組織も自由に参入できるようにして、生産する物は米だけでなく無限にあるから、減反やミニマムアクセス米に使う負の費用を未来の農業に使って、研究開発も行い、新しい生産物を生み出し、品種改良や生産効率を上げなくてはならないのです。高齢化した人々を便利な所へ集め、開いた広大な土地や、日本の美しい水を利用し、安全な土地で美味しい食料を生産して世界に打って出る。最近、日本が安全で美味しい農産物を作る国であることが世界的に注目されています。広大に開いた土地で、未来的な植物工場など、世界に負けない良質の農作物を生産すれば農業国にもなりうるのです。今までの農業と違い、高利益が出るとなれば農業に人も集まります。残念ながら今、政治の世界では畜産などで赤字が出た場合はその九〇％まで補填する案が出ています。どこからこんな阿呆な考えが出るのか。これでは競争心が湧かず、生産者も努力を怠ります。なぜ、攻めの考えができないのか。政治家は自己の利でなく、国民のため未来に向かって政治をしなければならないのです。少子高齢化になったのも政治家の責任と言って良いでしょう」

「なるほど」

「このところのニュースの中に、オリンピックの新国立競技場は、予算も納期も責任者も決めていないことが表面化しました。消費税上げに対する軽減税に比べれば大きな金額ですよね」

「ほんに、わずかな軽減税でもめておますのに、比較してみると大変な金額や」

「こんなことは民間ではあり得ないことで、私も企業相手に仕事をしていたことがありましたが、どの仕事も予算と納期は決まっていました。新国立競技場のことは氷山の一角で、公のことになると、あらゆるところで国民の分からないまま無駄使いが進行していると想像できます」

「そうや、そうや」

「だからこそ、国の予算を決める場合、各省庁からの要求をベースに決めるのではなく、逆に、家計と同じように、あらかじめ政府が決め、各省庁がその予算以内に収まるようにやりくりして努力させなければ、借金は毎年膨れ上がるばかりです。ともかく、地方と国を合わせて一千兆円を超える大きな借金と肥大化した維持費だけが残っていて、増え続けているのです。綱渡り状態の国家財政は大きな災害が引き金となって、日本国債のデフォルトになりかねないのです。家庭と同じように国の借金がなくなり、国が豊かになれば国民も幸せになれるのです」

「それは良い方法でおますな」

「政務活動費のあり方、使い方もメチャクチャです。使途内容も決まっていない政務活動費の額が決まっているのは馬鹿げた話で、政治の世界だけです。企業の場合、たまに仮払いもあるが、大抵は使用した金額の領収書を精査した上で、支払う後払いなのです。国、地方とも政務活動費をこのようにすれば良いのです。政治家の給料は多いのだから、後払いでも充分やっていけるでしょう。もし反対する政治家がいれば、欲と言うほかないですね」

「あても賛成でおます」

「話をインフラのことに戻しますが、今、住宅や行政機関、スーパー、病院などを集め、人の行き来を小さくするコンパクトシティ化を進めている地方もあります。私は賛成です。昔から便利な所には人が集まり、商店や色々な仕事が生まれます。やり方次第では人口も増えるでしょう。まばらに人が住むと無駄な費用が増え、メリットがありません。田舎の人口が減るのは当然のことなのです。人が集まるということはインフラに掛かる無駄な経費が減らせるわけで、地方どころか、日本再生の一歩になることは間違いありません。また他には、駅近くの高層マンションを考えてみましょう。人家は密集していて上下水道、ガス、電気、電話は少ないスペースで、縦にパイプを布設することができます。道を掘り起こすようなこともありません。下層階にスーパー、病院、行政施設、銀行、など生活に必要なものを集めれば良いのです。高層マンションがいくつかあって、仮に三棟で二〇〇〇世帯でもあれば、効率は凄く上がります。マンションの中のインフラは管理費で賄われ、行政からは支出する必要はありません。交通手段は上下のみで、エレベーターで済みます。乗りたい時、いつでも、一人でも乗れる。道路も車も自転車さえも要らなくなり、交通事故もなくなります。おまけに、地方行政には、各戸の木造住宅よりも高額な、固定資産税や所得による税収も入ります。お互いの連絡もしやすく、その中の移動は雨に濡れなくて良いのです。役所の仕事も減るから、人員も減らせるし議員も不要になるのです。津波や水災害の起きやすい所では、流来物防御の柵を周りに設ければ、かなり安全にできます。耐震、制震、免震技術もかなり進んできて、鋼材、コンクリートなどの材質も強度が飛躍的に向上し、耐熱、断熱の技術も進み、省エネルギーにも貢献しています。一度には無理でも、徐々にそうしてゆかなければならないのではないかと思います」

「なるほど、思いもよらない方法どすな」

「今は個人が、先祖伝来の土地などと言って、我がままを言っている時ではないのです。そこに住みたければ自分でインフラを作れば良く、そうすれば誰も文句は言わないでしょう。公の資金に頼ろうとするから借金が増えるのです。もちろん幹線道路は必要ですが、他の修理の必要な道や橋は通行不能にして、遠回りも余儀なくするくらいのことも必要でしょう。これによって開いた広大な土地は、企業や大きな組織などに開放して、農業など色々な産業に使えば良いではありませんか。国全体で徹底的な効率化を進めなければ、遅かれ早かれギリシャのようになるでしょう」

「思い切った考えでおますな」

「日本国債のもしものデフォルトに備えて、私が考えていることがあります。最低限、エネルギーと食料を確保しておけばしのぐことができます。そして、二〇一五年四月十六日のニュースでは、レート一ドル一二〇円で、米国債を一〇〇兆円保有していると報道され、円高対策で一ドル七〇円台に買った分が多いから、今売ればぼろ儲けだと言うエコノミストもいるが、外国債に期限が残っているなら、デフォルトの時まで持てば超円安になるから、その時売れば借金のいくらかを返すことができるし、それに日本にこのような切り札が有ると知れば円を売り浴びせたりもしないので、予防にもなります。エネルギーと言いましたが、原子力発電所は論外として、あらゆるエネルギーを育てるべきで、今では、例えば藻からもアルコールを抽出でき、ジェット機も飛ばすことができるのです。そして藻は排出された二酸化炭素と太陽光など、光と水があれば生産できます。更に今ではゲノム編集によって、アルコール分が多く取れるスーパーユーグレナも出来てきました。またユーグレナは栄養満点の食料にもなり、デフォルトにも備えることができます。その上、廃液排水の浄化をしながら、アルコールも作れ、肥料、飼料、プラスチックにも出来るのです。そして、化粧品や薬にもなるおまけも付き、頼もしいことに、ユーグレナを生産している或る会社の社長は、その生産量は産油国並みにすると豪語しています」

重治だけでなく、他の客も聞き耳を立てている。

「喋り出したら、止まらなくなってしまいました。ついでにもう少し。長い間続いたデフレについて。その責任の一因はインターネットで、短気に何回も売買する株式の短期取引に有ると思います。少し上がっては売り、少し下がっては売り、動かなければ空売りする。これでは徐々に下がるしかなく、ちょうどデフレの状態になるのと同じなのです。短期売買は、株価の値動きが、のこぎりの刃のように上下の価格がほぼ決まっている場合、いわゆるボックス圏になると、その範囲で安心して売買ができるから、ボックス圏を好みます。また短期売買は取引が賑わっている銘柄へ移動して、値幅利を取ろうとします。日本人は世界的にも博打好きと言われています。このこともデイトレーダーが増えた理由かも知れません。ちなみに、何の知識も要らなく、ちまちました博打でもあるパチンコをしているのは変則的な一部の国を除き、世界で日本だけのようです。更に、コンピューターのソフトを利用して、人の心理が入らない勝手に売買する取引が多くを占めるようになってきて、超短期売買が多いから変動は激しく、それらは同じ動きをするし、上下の幅も大きくなるのです。このように、機械を利用した超高速取引と、人手による取引が同じ土俵の上で取引しているという危険かつ異常な状態なのです」

株式の話になった頃、他の客も幸成たちの周りに集まってきていた。皆興味を持っているのである。重治が時折合いの手を入れるが、何だか幸成の講演のようにも見える。大学での講義中の癖も入ってしまうのである。

「機械で取引させるのは、ちょうど子供の宿題をロボットにやらせて、子供はいつまで経っても賢くならない。そのようなものなのでおますな？」

「そういうことです。なお機械を使った超高速取引では、売りや買いを見せて、どこかが反応すると、すぐ取り消すなど、俗に言う〔いかさま博打〕と変わらないこともするのです」

〔デフレとはデフレーションの略語で、消費が鈍く、物価が下がる現象。空売りとは、自分は目的の株券を持っていなくても、日歩の金利を払い、他から借りて売ること。なお貸す方は、貸株料や配当も入る。しかし、ある期間、その株券を売れない場合もある。大切なことは、自分の持ち株を売られるのであるから、当然その時価総額は減る。貸し手は貸株料目的で長期保有の法人が多い。取り扱いは証券会社が行うが、貸している間は、株券は証券会社の持ちものになって、分別管理の対象外になるリスクや、長期保有の優待はなくなるなど、デメリットも多い。〕

「もう少し株について詳しく言いますと、投資家はサイエンスをはじめ、経済、財務、世界の動き、など色々学習し、未来を読むことなど放棄して、目先だけしか見ない。どの企業の銘柄を売買しているのか、その企業の事業内容、大事な業績さえも知らないで、大切な資金を動かしている人も少なくないのです。また何かマイナスのニュースが流れると、関係ない銘柄まで大きく売られることになります。要するに下品な言い方をすれば、みそも糞も同じなのです。そして、少ない資金で短期売買を繰り返しても、手数料ばかり膨れ上がり、大した利益にはならないのです」

「株式のこと詳しくおますな？」

「これも経済の重要な要素ですから」

「そうでおますな」

「企業は自社株買いをして株価を上げようとするが、短期売買が多い中、彼らは自社株買いをするタイミングを待っていて、少しでも上がればすぐ売るのですよね。自社株買いは金をドブに捨てるようなものになりかねないのです。自社株買いをできる企業は、それなりに業績は良いが、業績に対して株価が低い。金融用語でＰＥＲ（株価収益率）が低いから実施するところが多いのです。そして、取得した株を償却する企業も多いのです。これは配当総額が少なくて済む利点はありますが、ＰＥＲが充分低いのであるから償却してしまうのはもったいないと思います。取得した株で企業買収するとか、長期保有株主に与えるとか、その方法としてストックオプション形式にしても良いでしょう。もし法的に無理なら、法を変える動きをしなければならないのです。今の短期売買は金融庁も良く思っていないから、案外進展しやすいかも知れません。更には子会社など、新規上場をする時、株主に新株を与えるのも、マーケットには飛びっ切りのサプライズになって、長期保有の引き金になるかも知れません。なお、自社株買いとは逆に、株式分割をして、株価を下げ、主婦など、誰にでも購入できるようにすると良く、配当や株主優待と相まって、企業の人気も出るし株価も上がることになるのです。女性に知ってもらうと、その効果は下手な宣伝よりはるかに大きく、宣伝料も要らないのです」

「なるほど」

「今のままでは企業は正常な評価をされないばかりでなく、このようなマーケットが肥大化してきたことによって、マーケット自体も正常な機能が働かなくなってきました。そして、何のためにマーケットがあるのか疑問も生じます。本来、マーケットは資金調達の場でもあり、資金を得て成長していくとともに、市場に評価され、更に成長する。そして、投資家はその恩恵を受けるのです。ところが今は成長のための資金調達にしても、新株を発行すればすぐ売りに出る。このように前向きな資金調達さえもしにくい状態で、東京証券取引所でも国内より外人の方が多く、国内外の人も実需ではなく、目先の投機的売買が幅をきかせ、賭博場化したようにさえ思えます。先ほども少し言いましたが、企業自身も株式を長期保有してもらう努力や、国としても、いや世界と言った方が良いかも知れませんが、これらの対策に早く着手しなければいけません」

幸成はコップの水を飲み、話を続ける。

「もう一つ大事なことを申しますが、個人的に株式の取引に参入する場合、比較的新しい成長性のある企業なら、長期に持てば、少ない資金でも企業の成長過程で何回も株式分割をして、投資金額の三倍とか五倍ではなく、何十倍にもなる夢を掴むこともあるのです。例えば、二〇万円で一〇〇株購入して、二回、五分割すれば二五〇〇株になるのです。この株がいくらになるかは、その企業の成長によるのですが…仮に一万円にでもなれば、二五〇〇万円ということですね。もちろん税金は掛かりますが…これには成長性のある金の実がなる木の苗を見つけることが必要です。苗の種類は複数個持てば、よりリスクは減るでしょう。株は、サラリーマンが少ない資金でまとまった資金を得ることができる数少ない方法の一つには違いないのです。焦ってはいけません。企業の成長には時間がかかるのです。日々の為替の変動や、中国ショック、リーマンショックなどがあっても、長期的には何の関係もなくなります。リーマン、中国ショックなどで暴落した時は、むしろ狙っている株を買い足す絶好のチャンスなのです。資金については、飲み会や無駄使いを減らし、小便になってしまうような金を株に回せば、仮に損をしても悔やむことは少ないでしょう。先読みするためには、そして良い苗を見つけるには、日々サイエンスを中心に幅広い知識を貪欲に吸収することが不可欠です。世の中は日々進歩しているのですから、学校の教科書だけでは役に立ちません。このように学習を続けることで知らない間に、自己に沢山の知的財産が溜まっていて、要するに自己研鑽をし、教養だけでなく、ものを見る目も変わってくるし、それが生活の糧になることもあるのです。タバコやアルコールで無駄使いをしたり、体を悪くしたり、頭を馬鹿にするより、はるかに良いではありませんか。酒は百薬の長と言われていますが、徒然草の中にも百薬の長とはいえど、よろずの病は酒よりこそ恐れ…とあり、酒で直った病は聞いたことがない。むしろ酒は百毒の長であり、酒は百薬の長と言うことは飲む人の自己弁護であり、酒屋の宣伝文句にも使われているのです」

「ホーおったまげた。あても酒を…」

「また株式について少し言い添えますと、古くて大きな会社の株券を買う人の方が多いですが、このような会社は、すでに退職した人の企業年金とか、健康保険、色々な無駄な遺産が多い場合も多く、言い換えれば重い荷を背負っていると思って良いでしょう。このことは日本航空倒産の時、顕著でしたよね。対照的にリスクは大きいが、若い会社は背負っている荷物が少なく、身軽であると考えられます。また、格付けが良い会社より成長力があって飛び抜けて収益が良く、借金の返済能力があっても、現在借金が多く格付けが低いと、年金資金などの公的資金は入って来ない。従って、日経平均が上がっても、置いてけぼりになりやすい。しかし、成長のための借金であり、収益の伸びも大きい会社もあるから、こんな場合はもっとポジティブに考えて良いと思います。ともかく、世の中、何もかも目先のみしか考えなくなってきた恐ろしさを感じます。iPS細胞の研究で、世界の最先端を走っている日本なのに、国民の意識は狭すぎます。ここまで来てしまった現在、もっと原点に戻って、グローバル、かつ長期的に成長を考えなければ、必ず行き詰まる時が来ます」

「色々知ってはるな。感心します」

「目先と言いましたが、例えば、今は駅の近くで何事にも便利な所に住みたいと思うようになってきました。少し前まで、民も企業もモータリゼーションの波に乗って、郊外に大型店や住居の建設を進めましたが、そのためインフラ費用が増え、駅近くの商店街もシャッター通りになってしまった。今はこのことが負担になってきました。間近に迫っている少子高齢化を考えなかった。各自が自己の高齢化、そして少子化を先読みしていれば、このようなことは起こらなかったに違いないと思います」

幸成はコップの水を少し飲んで、更に続ける。

「証券会社は手数料を稼ぐため、インターネットによる短期売買を勧める。金融業者の金融商品に投資するにしても、あの保険会社、あの銀行、プロに託しておいたら安心ということなど全く無いのです。それが正しいのなら、全ての人がハッピーになります。殆どの投資家は、その点で大きな勘違いをしています。業者は客を儲けさせるのではなく、自社が儲かることしか考えていないのです。リーマンショックや中国経済の激震など、大きな悪材料が出ると買いは入らず売りが多くなるから、空売りも少ない資金で大きく下げさせることができます。特に日経平均の代表銘柄に空売りを仕掛けると、他も追従して効果は大きくなります。そして、下がったところで買い戻し、大きな利益を得ています。また下がったところで買いを入れれば、株価が上がってきた時、大きな利益を得ることができ、往復で利益を得ているのです。このようなことは金融のプロや、それに近い個人投資家もしています。違法でしょうが、何人かで連絡を取り合って空売り資金を増やしている懸念もあります。このように強制的に大きく下げさせるのは一瞬ですが、元に戻るのには時間が掛かります。人の心理そのものが表れていると言って良いでしょう。政府が経済対策に巨額の資金を投じても、一瞬にしてザルに水を入れるがごとく、ただ漏れ状態になるのと似ています。少数投資家の利益のため、国としてこのような大きな損失も被るのです。このように空売りして強制的に下げることは、年金はじめ日本の富が大きく減ることや、国民の心理にも大きく影響し、消費経済にも影響してしまう。だから私は嫌いなのです。このことも早く国が考えなければならないでしょう。政府や高官、財界人の一言も影響するから気をつけてほしいですね」

「そんなこともおますのやな、知らなかった。勉強せなあかんな」

「そして大切なことですが、証券会社に自己売買やアナリストが同居して、投資家に対し適当な理由を付けてコメントすること自体間違っています。あの空売りの手助けにもなるのです。いくら表現の自由と言っても、アナリストや記者なら何を書いても良いというものではありません。能力が低いのか思惑のためか、明らかに疑問を持たざるをえない内容のレポートや記事も多く見かけます。金融関係の企業に所属しているから、彼らは難しい立場にあることは想像できますが、彼らの発表は株価にも大きく影響するのだから、あくまでも真実だけを報道してほしい。アナリストのレポート、メディアの記事、エコノミストの発信などは株価誘導の強い力を持っているんですよね。ある企業の面白い例があります。日本トップの経済誌ですが、ある企業の上場時から、その企業を良く書いた記事を見たことがありません。良いことであっても、表現を変えると悪材料になってしまうのです。記事を読めば、根底には明らかに悪意が見受けられます。このように悪材料を書かれ続けても、今や営業利益で日本で五本の指に入る時もあるほど成長した企業もあります。なぜあのように叩くのか私には分かりませんが、このようなこともあるのです」

「そんなこともあるのでおますのやな」

「また、アナリストとかファイナンシャルプランナーの資格を持っていることが重要ではなく、彼らの言うことが全て正しいなら顧客は全てハッピーになるはずです。これも教科書通りではいけないし、日々進歩しているのだから、彼らも貪欲に学習し、分析や先読み力、そして、本質を見抜く洞察力を養ってほしいです。資格を得るのは最終目的ではなく出発点で、取得後の責任がのしかかるのです。それに、少し前まで利子に飢えている投資家に、他社株転換社債を考案して販売したこともありました。この商品は極論しますと、損は投資家、儲けは証券会社という汚いものなのです。殆どの投資家は気がつきません。それを平気で売ったりします。また、投資信託など、色々な商品も成果報酬ではないのです。運用の成否に関係なく、手数料はばっちり取っていて、投資家の取り分は少なくなるか、下手すると元本を大きく割り込みます。私は彼らを心から信頼することはできません。それに儲かる話は大口投資家へ行って、私たちのような小口には良い話は来ません。投資に対する諸々の選択は、自己がするしかないのです。そのためには、何度も言っているように、自己の実力を付けるしかないのです」

「結局、自己学習でおますか?」

「話はあちこち飛びますが、国はインフレへ導こうとしています。インフレになれば株式を含む資産価値は増えます。勤労者の所得も増えます。しかし、金利も上がり、国債の利払いは増えます。また、人口は減り、二〇一五年で三〇%近くは六十歳以上の年金生活者で、五十歳代以上になると五〇%以上を占めていて、このように高齢者が多くを占めるようになってきましたから、従来とは違った考えの政策が必要でしょう。年金については、受け取り金額も減り、介護や健康保険、そして消費税などの負担を増やしたのだから消費は落ち込みます。このような状態で、ＧＤＰの六〇％近くは国民の消費で決まるのですから、ＧＤＰは伸ばしにくいのです。また、インフレになると食費まで上がるから、低所得者はますます暮らしにくくなります」

「そうでおます」

「国際競争力を増すため法人税を減らす方向で進んでいますが、税だけでは駄目で、土地代、エネルギー代、通信費、人件費など、諸々の費用も絡んでくるのですよね。先ほどのインフレへの誘導と矛盾したことが起こるのです。これは、大きくて対処がしにくい問題です。僅かな税対策では難しいし、何しろ税収入の絶対額が少ないのだから…また、法人税を減らしても内部留保のみ膨れ上がり、国民のためになっていないのが現状なのです」

　更に続ける。

「少子高齢化に従い、空き家も多くなりました。一方、家計に占める住居費の割合が大きいし、どうせ売れずに空いているのなら、有効に使えば生活が楽になる世帯も多くなるに違いない。不便な所の住宅は売れにくい。どうせインフラにも資金が掛かるのだからこれらは無くする方向に持っていった方が良いでしょう」

「ほんまや」

〔ＧＤＰとは、ある期間内の国内総生産。インフレとはインフレーションの略語で、需要が活発で物価が上昇する現象。〕

幸成はまたコップの水を飲んだ。

「金融関係で大変懸念していることがあります。例えば、大手証券会社Ｎ社のことですが、個人の資金は決まった個人の銀行口座にしか振り込まないから安全と思っているようですが、インターネット取引の場合、なんらかの手段で第三者に個人のサイトを覗かれた場合、保有資産が知れてしまい、勝手に売買されてしまうことも考えられるのです。そして、インターネット取引をしていない投資家には、三ヶ月毎に残高報告書が個人の家庭に郵送で届きます。この報告書には保有資産、口座番号、住所、氏名など個人情報が記載されているのです。これは普通郵便で、誤配も起こっています。もし、資産家の書類が悪意の人へ誤配されれば大きな事件になりかねません。これらのことは当該会社の担当者や、金融庁も分かっています。インターネットのセキュリティーを厳しくしたり、本人に直接届くような簡易書留にするなど、方法はあるにも関わらず、何も行動を起こしません。私も金融庁や当該企業に何度も言いましたが全然進展しません。問題が起こって、もめにもめなければ動かないのです」

「うん、うん、もうすでに流出した年金の個人情報のことも…そうでおましたな」

「マイナンバーを進めている厚生労働省、これからまさに制度が始まろうとしている矢先、贈収賄汚職が発生しました。マイナンバーに群がる業者も多いが、職員の資質を疑わざるを得ないですね。ニュースによると、税金から支払われる高額な給料を受け取りながら、年の半分しか出勤せず、その間、大学非常勤講師のアルバイトを含め、何をしているか分からないという。このような状態では、本家本元から個人情報が漏れる可能性があるのです。彼らは日本の政策を考え、日本を引っ張っていかねばならない立場でありながら、実際は仕事をしていないことが暴露されました。周囲の職員もそのことを知っているはずで、かつアルバイトは禁じられているにも関わらず、誰も注意をしない。彼らの行動から判断すると、考えていることがこますぎる。思い上がった官僚独特の特権階級意識がかなり定着しているに違いないでしょう。このような立場にいる人は、命とまでも言わないが、自己の人生を賭けるぐらいの覚悟で仕事に取り組むことが必要で、今の状態ではもはや日本を託せる職場や職員ではなく、新しくサプライズのある政策が出てこないのも頷けます。これでは少し人事をいじっただけではどうにもならない。坂本龍馬の言葉を借りれば隅々まで念入りに洗濯しなければならないということです。これは氷山の一角で、国や企業など、このような意識の中で、行政の利便性のみを考え、個人の安全性を無視して、もし問題が発生すれば、そのことのみに絆創膏を張るかのごとく対処してきたのが通例で、このような危険だらけの中、マイナンバー制度に踏み切る行政、どう思われますか?」

「ふーん。危のおますな」

「また、話は変わります。もちろん無駄行政のことに変わりはありませんが。医療機関で治療を受けて支払い明細を見られたことがありますか?」

「いいや」

「私は医薬分業のメリットなど、何も無いと思っています」

「どういうことでおます?」

「例えば二〇一五年九月に頓服薬として、セルシンを出してもらって、国民保険で支払いました。クスリの代金は八〇円なのに、薬局に支払う代金は一二〇〇円、この差は薬局の取り分になるのです。おおよそトータルで六〇〇〇円ぐらい払ったら、約三分の一は薬局の取り分と思って良いでしょう。昔は重量を量って調合をしていた薬も、今は製薬会社によって既にアルミの袋に入っていて、数えて渡すだけなのに、それも調剤費として大きな手数料を取ったり、何だかわけの分からない何々管理費とか費用が取られているのです。それに、これらの価格は国が決めていて、言い換えれば国に守られ、競争原理が働かないのです。なお薬剤の仕入れ価格によってはポイント以外大きな収入となります。これらの無駄な費用は院内で処方すれば大方無くなります。今までこの根本問題に手を付けず、高齢者の医療費を上げたり、ジェネリック薬品の使用を促したりして、小手先だけで、あたかも医療費を下げる努力をしているかのように見せかけてきたのです。また競争原理を働かせるなら、薬剤や管理費など、上限は決めておいて、後は自由競争させるべきです。健康保険の財源が大きく足りない中、薬局に多く支払われている矛盾、厚生労働省も薬局を維持するのに必要な代金と言っています。院内化を進めるどころか、行きつけ薬局を作り、患者を囲い込み、薬局を保護する体制にシフトしています。薬局のために、薬剤費を支払っているのではないんですよね。これは改革しなければなりません。ちなみに二〇一五年九月〜一〇月のニュースでは、個人負担＋保険料＋税金を合わせて、おおよそ、年間調剤報酬費用七兆円超、医療費全体の一八％超。医療費四〇兆円超となっています。そして、町医者など、小さい医院の紹介が無いと大病院の診察は受けられない法律もあります。町医者の中には医療技術は古くて低いままの所も少なくないのです。病状によっては手遅れになることや、町医者が適当な病名を付けて患者を抱え込んでしまい、要請しても大きな病院を紹介しない場合が多い事実。その間に病状は悪化し、無駄な医療費は膨れ上がる。これらの法律を決める時、諮問委員会は有識者や著名人が選ばれているが、病院と患者の現状を把握していれば、このようなことを決められないはずです。

判断の付かない病気の場合、大学病院など、能力のある医療機関で初診の診察を受けて、処置、処方は住居の近くの適当な病院を紹介してもらえば、患者も助かるし、無駄な費用も軽減できるのです。大病院が混雑するのを避ける意味もありますが、技術が低い小さな医院に閑古鳥が鳴くことを防止したり、薬剤師の独立性をうたい文句に、薬局を院外へ出すことによって、彼らは大きな利を得られます。院内でも、薬剤師の独立性は保てるようにすれば良いことだし、それに踏み切らないのは、これも既得権益に絡んだ大きな力が働いているような風聞もあります。ついでに病院について言い添えますと、衛生観念の低さが問題です。トイレのドアや病室の重たい引き戸を医師、看護師、患者、見舞客などが素手で持つ。医師も看護師も患者の手当や屎尿処理をし、器具を持った手で触る。今では安価にできるのに、なぜ自動扉にしないのか。またカルテを入れた古く汚れたカルテケースを患者に持たせ、あちこちの検査室へ持ち歩かせる。これだけＩＴ技術が進んでいるのに、新しい病院ができても、もう何十年も同じ方法です。院内感染の対策が全く取られていない。そして病院なのに五〇％が全面禁煙になっていないのには驚きます。厚生労働省や医療関係者の頭の中は理解できない。病院のことを言えば切りがないので、このへんで止めます」

幸成はため息をつき、少し間をおいて続けた。

「高齢化や人口減が急速に進むと、多くの商売は萎縮し、仕事も無くなってきます。

目先だけでなく、これらのことに対応した国のあり方を早く構築しなければ、みんな不幸になります。恐ろしいことです。何かにつけ、国民の多くは、自分の乗っている舟が沈みかけているのに、自分の船室だけ必死に守ろうとする。特に政治家を含む国費から収入を得ている人々や、もう社会のありようが変わってきたのだから、多くの国費を無駄使いして、既得権益を得ている組織や団体は無くさなければならないと思います」

「よう考えていやはる。あんさん政治家になりなはれ。あてが応援するさかい」

「いいえ、とんでもないです。私はそんな器じゃありません。ちょっと調子に乗って喋りすぎました」

「あんさんの話、多くの人に聞かせてあげとおおすな」

「私は今日、話したことなどを内閣府の御意見募集にメールでよく直訴しているのですよ。世の中が良くなればと…」

「そうでおましたか。あてにも良い刺激になります」

「そう言って頂くとありがたいです」

「幸成はんが、そんなこと考えていやはるなんて、若いお嬢さんのことばかりかと思うていましたえ」

珍しく小夜が口を挟んでからかった。

「この小夜はんは、京友禅の問屋のお嬢さんどした。お茶、お花、舞、琴、歌、書、たいていの稽古事を仕込まれ、ＲＤ大学も出ている才媛で、気だての良い娘はんどした。年甲斐も無く、あても憧れておました。今もファンで、こうして通っておます。小夜はんは結婚した相手が悪く、博打で損して姿を消し、博打の「かた」のため、家もなくなりました。悪いことは重なるもので、親元では友禅が売れなくなった上、連鎖倒産の犠牲になってしまい、その後、両親は亡くなられました。頼るところも無く、今はお客におばんざいを出していやはるが、おなごはんには珍しく京料理の修業までして、小料理屋の商いを始めはったんどす。それに、残された借金の一部を毎月少しずつ払っていやはる。幸せ薄いおなごはんや」

「嫌やわ。うちの秘密、幸成はんに言わんといておくれやす」

「このお人なら、宜しおすがな」

「小夜さんなら結婚相手も沢山いてはりましょうに」

「ところが、逃げた相手が行方不明で、籍を抜くことができず、法的にはまだ亭主持ちなんや」

幸成は、話を聞きながら涙が出てきた。不幸な話には弱いのである。横を向いたり下を向いたりして、必死に涙を隠そうとしている。

小夜は、その様子を見ぬ振りをして、しっかり見ている。そして「このお方は、あんな難しいことを考えていやはるのに、うちのために涙まで…優しい心をお持ちなんや」と心に刻み付けた。

「おあいそ、お願いします」

幸成は勘定を済ませ、そそくさと店を出た。小夜は見送る振りをして、追うように幸成の側へ行った。

「ありがとうさんでおました」

幸成は小夜の方を向かずにいる。

「私は法律のことは分かりませんが、ご主人のこと、当時は無理でも、何年か経てば、何らか方法があるのではないでしょうか？　一度、市役所か弁護士にでもご相談されてはいかがですか？　何年も個人を縛っておくことはできないと思いますが？　今でもご主人に思いをお持ちなら別ですが…」

そう言って小夜を見ないまま立ち去った。

二、ペアリュック

二日後、幸成は仕事の帰り、「さよ」に立ち寄った。

幸成が着座してまもなく、重治が和子を連れて、少し遅れて春香が現れ、この前と同じように着座した。

「この、しぶちんなお父はんが、幸成はんに感化され、寄付しやはったんえ」

「ありがとうございます」

「何もあんさんが礼を言うことありまへん。日本への投資でおます」

三人が馬鹿話をしながら食事を進めていくうちに、重治が突然突拍子もないことを言った。

「幸成はん、家の婿養子になっておくなはれ」

小夜、和子、春香、幸成は一斉に「えっ」と声を上げた。

「和子、ええな」

重治は和子に言った。

和子は幸成を好いてはいるものの、突然のことで言葉が出なかった。

幸成は、話をそらすように言った。

「寄付のお礼に、ちょくに一杯だけお酒を頂戴いたします」

重治は酒の相手が出来たことを喜んで、幸成に注いだ。幸成は一気に飲み干すと、カウンターの上へ倒れてしまった。

「幸成はん、お酒は飲めないと言っていやはったのに…」

小夜は心配した。重治は慌てている。

「和子、車を持っておいで。家にお連れしまひょ」

「すぐに回復なさるでしょうから、とりあえず店の奥の座敷へ」

小夜が言った。小夜は先に行って、布団を敷き始めた。重治が幸成をおぶって、和子と春香は付き添った。幸成を寝かせると、小夜は店があるため戻って行った。

「そっとしておいた方が良ろしおすやろ」

重治は皆を連れて部屋を出た。春香は介抱したかったが、仕方なく従った。

「幸成はん、本当に酒あきまへんのやな」

重治が言った。

「さよ」は深夜まで営業はしない。早くしまう。あくまでも、おばんざいで食事をメインにしている。幸成はまだ、起きてこない。

「後は、小夜はんに任せて、あてらも帰りまひょ」

重治が言った。

春香は女として、小夜に任せたくはなかったが、仕方なく従った。

店を閉めてから、和子から小夜に電話が掛かってきた。

「幸成はんは？」

「あの時のまんまでおます」

「うち、幸成はんのリュックと間違えて持ってきてしまったんどす。うちのリュック、明日の朝まで預かっておいておくれやす」

「宜しおすえ」

「幸成はんにリュックの中、見られないように頼みますえ。男はんに見られたくありまへん」

「分かってますえ」

このようなやりとりがあることなど全く知らず、幸成は深い眠りに入っていた。日頃の疲れも重なっていたのである。かなりの時間が経って寝返りすると、何か柔らかい物に触れたような気がした。夕べ、ちょく一杯飲んだまでは覚えているが、後は何も覚えていない。横に小夜の体があった。小夜も目を覚ました。

「小夜さんの布団占拠してしまったのかな」

「いいえ」

「布団はあるのですが、うちが幸成はんの布団へもぐりこんだんどす」

「私は小夜さんに何かしましたか？」

「覚えていやはりまへんか？　嫌やわ」

「それは…」

「嘘どすえ。期待してたのに、何も…」

「でも、こんな綺麗な人と一つの布団に入っていて、残念なことしました」

「ま、お上手言わはって」

「本当に美しいです」

「おおきに。ほんまに、その気になりますえ」

「私には、もったいないことです」

「あら、もうこんな時間。朝御飯作りますよって、ゆっくり寝ておくれやす」

「お世話かけます。朝御飯作ってもらうのはお袋以外初めてです」

小夜は身支度をしている。

「幸成はんのなら、毎日作りとうおすえ」

「感激です」

「夕べは、飲めないお酒、寄付のお礼にかこつけて、無理に飲まはったんでっしゃろ」

そう言って、小夜は厨房へ行った。

まな板で何かを切る音、そして、味噌汁の香りが漂ってきた。幸成は久しぶりに、旅館やホテルとは違う、故郷にいた時のような家庭の雰囲気を感じていた。

朝飯を済ませた頃、和子が間違えたリュックを持って、幸成を迎えに来た。

「幸成はんのリュックの中を見たら、うちの通っている大学と同じだったので、一緒に行こうと思いまして。もうお弁当とおやつも入れておますえ」

小夜も弁当を作り終え、渡そうとしていた矢先、先を越されてしまった。

「幸成はん、うちのリュックの中、見てはらしまへんやろね」

「見たよ」

「ええっ」

「嘘どすえ。見てはらしまへんえ」と小夜は言った。

「せっかくだから、見ておけば良かったな」

「いけず。女の持ち物は見るものじゃおへんえ。でも、うち、間違って持っていってしまってごめんえ。で、朝御飯は？」

「頂きました」

「そんなら、さ、行きまひょ」

小夜は呆気にとられた。

「行っておいでやす」

「お世話かけました」

幸成は慇懃に礼を言って店を出た。

二人で少し歩いてから、和子が言った。

「夕べ、小夜さんと、ええことしやはりましたんと違いますか?」

「残念ながら」

「まあ」

少し沈黙してから話題をかえた。

「このリュック可愛くなったでしょ」

「えらい、派手なアップリケ縫い付けたな」

「ちょっと悪戯したくなって、これで、うちとペアリュックえ」

「これじゃ恥ずかしいよ」

「女物と間違われ、お巡りさんに職務質問されたりして。ああ、想像するだけで楽しおす」

「これは困ったな」

「このぐらいのこと、ちっとも困ることあらしまへん。イニシャルも入れておきましたから。でも、これじゃ、うちだって、また間違うか知れまへんね」

「その時は、和子さんのリュックの中身をじっくり見るとするか」

「また、いけず言いはって」

校門を入ると和子は幸成の腕に抱きつくようにして歩きだした。

「少し離れてよ。あなたは綺麗だし、私にくっついていたら、それに、この派手なペアのリュックのアップリケは目に付きすぎる」

「うちはかまわないえ」

「私は学校を首になるよ」

「丁度良いいんじゃない。うちのお養子はんになれば」

「しかし、性急な話だね」

「うちも、お父はんも幸成はんを気に入っているし」

「でも、すぐには決められないよ」

「うちのこと嫌い？」

「好きだよ」

「うち、デパートでお会いした時、一目惚れしたんえ」

「和子さんにはかなわないな。あなたにかかったら私もたじたじだな」

「そうよ。もう覚悟しなさい」

「養子になっても、これじゃお尻に敷かれっぱなしになるね」

「座り心地の良い座布団になっておくれやす」

「ああ、熱が出てきた」

「ふふふふ、ああ可笑しい」

和子は楽しくてたまらないのである。

「私が和菓子の修業するのかえ、職人には似合わないやろ」

「幸成はんには学問が似合います。ほっておいても、何かしやはるて、それに京都に似合いはるって、お父はんが言っていました」

「うちやお父はんがいつも幸成はんのことを話すよって、お母はんが一度家へお連れするようにって、お茶でも御一緒しとおすと言ってはります。家へ来ておくれやす」

「ああ、ありがとう。そのうち」

二人はそれぞれの行く先へ向かい、別れた。


二日経って、幸成が「さよ」のカウンターへ着座した途端、和子が入って来た。

「今日、学校で見かけたので、必ずここへ来やはると思って、やっと捕まえましたえ」

幸成と小夜は顔を見合わせポカンとしている。

「私は監視されているのか?」

「そうよ。うちにね。さ、行きまひょ」

そう言って和子は幸成の腕をつかんで、引っ張り始めた。

「うちのお母はんが、お連れするようにと言って、待ってはるえ」

「私に何のご用かな」

「お茶を振る舞いたいと」

幸成が戸惑っていると、

「行っておいでやす」と小夜が言って目で促した。

幸成は促されるままに、和子について行った。

案内された家は、間口は狭いが奥は深く、広い中庭がある。いわゆる京町家である。結構、部屋数も多い。その一室へ通された。少し待っていると、

「用意ができました。こちらへ」と和子は幸成を別室へ案内した。

そこは座敷で、料亭のような膳が幾つか置かれていた。

「これ、お母はんの手料理どす。うちも手伝いましたが…」

そこへ母親が現れた。

「ようお越しやした。私は和子の母親で里江と申します。主人や和子がいつもお世話になって、ありがとうさんどす」

座って、手をついて慇懃に挨拶した。

「初めてお目にかかります。秋村幸成と申します」

同じように慇懃に挨拶をした。幸成はこのような堅苦しいことは嫌いである。

「小夜さんには及びませんが、私なりに心を込めて用意させて頂きました。お酒は駄目だと聞いていますので、どうぞお召し上がり下さいませ。和子、さ、お勧めして…」

「遠慮なく頂きます。お腹が空いていました」

幸成は口に入れて驚いた。

「美味しい！　こんなの初めてです」

料理屋にも負けないと思った。

「ね、お母はんの料理、美味しいでひょ。なのに、お父はん、小夜はんの所へ行かはるんよ」

重治は頭を掻いている。幸成は重治の心も知っているだけに、何とも言えなかった。

四人で語らいながら食事を済ませ、茶室へ移動し、母親が茶をたてた。

「私は正式な作法は知りません。不作法をお許し下さい」

「どうぞ、ご自由に」

幸成はこれも美味しいと思った。

「和子は少しお転婆すぎて、幸成はんにはご迷惑をかけているのではありまへんか？」

母親は和子の方を見て笑いながら言った。

喋り方、振る舞いなど、全身から溢れるような気品を感じた。これが本物の京都の女性ではないか、幸成はそう思った。重治の性格からして、これがかえってうっとうしく感じるのではないか、幸成はそうも思った。しかし、自分が今ここに座っていることは何を意味するのか。成り行きでこのようなことになったが、あの養子の件が進んでいるのではないかと不安を感じた。

一方、里江は里江で、幸成の振る舞いや生まれ持ったであろう品性の良さを感じて好感を持った。

「いつでも宜しおすから、お茶でも飲みに立ち寄っておくれやす」

「ありがとうございます」

「幸成はん、明日休みでしゃろ。うちと付き合っておくれやす」

和子が言った。

「はあ?」

「今夜、家に泊まって。良いじゃないですか?　この前、小夜さんの家へお泊まりやしたのに。ね、良いでしゃろ。お母はん」

「ええ」

母親は微笑んで了解した。

幸成は和子の描いたストーリー通り踊らされ、自分で自分の身がコントロールできず、今まで持ったことのない心情になっていた。

幸成は成り行きのまま、この町家に泊まることになった。


明朝、朝食後、和子は着物を着て現れた。すっかりイメージを変えた和子は母親に似た京美人に変身し、その容姿に幸成は声も出ず、魅了された。

着物は薄いピンクをベースに小さく白い菊の花が散りばめられ、帯は太い青竹と笹の葉が描かれている。

「幸成はん。今日は一日、うちのものどすえ」

ポカーンとしている幸成に和子が続ける。

「うちに見とれて言葉も出まへんのでっしゃろ?」

幸成は目で答えた。

「嵯峨野へ連れて行っておくれやす」

相変わらず和子のペースで、幸成は従うしかなかった。

渡月橋を通り、竹林の中を歩きだした時、着物姿の和子は、この風景のために咲いているように思えた。そして歩き方や仕草も古風な美しい日本女性になっていた。幸成も声を掛けにくいほどの変身である。

「今日の和子さん、何もかも見違えてしまう」

幸成はやっと口を開いた。

あの和子が微笑んでいるだけで、いつものように一方的に話すようなことはしないのである。

「今まで、ごめんやす。あのようにしなければ、幸成はんは、うちと付き合ってくれあらへん。そう思ったんどす」

「先ほどから、しおらしいし、面食らっているのです」

「これが本当のうちなのです。特に幸成はんには、しおらしくしたい。嫌われたくおへん」

このような話になると、幸成は手も足も出ない達磨である。

野々宮神社に着いた時、幸成が言った。

「和子さんは斎王代に応募しないんですか、よく似合うと思いますが」

「うち、あんな目立つこと嫌いなんです」

「京女として、何もしなくても目立っていますが」

「まあ、おおきに。幸成はんがお世辞を言わはるなんて。でも、嬉しおす」

「お世辞ではないです。慣れないことで、私は圧倒されどおしです」

「ついでなんですが、あの斎王代になるには、由緒ある家柄の御令嬢で、お金も沢山要ると聞いておます」

〈斎王代は葵祭の主役で、百科事典によると斎王は伊勢神宮、または賀茂神社に巫女として奉仕した未婚の内親王、皇女。伊勢神宮の場合は斎宮、賀茂神社の場合は斎院として、区別していた。「崇神朝」の時代に始められたと日本書紀に記されているが、経緯など詳しいことは不明。〉

「そうだったのですか？」

「昔の本物の斎王はんは悲しおすな。結婚もできず、一生お伊勢さんか、賀茂神社で暮らすことになるのですよって」

「そういう時代もあったのやな」

落柿舎《らくししゃ》に着いて、幸成が言う。

「タンポポ（七〇年代後半に活動した姉妹フォークデュオ）が歌った『嵯峨野さやさや』を思い出します。竹林やこの地域の雰囲気、そして若い女性が多く、旅のノートに恋の文字…よく似合っている、良い作詞やな」

「幸成はんに、そういう一面があったんどすな」

話しながら祇王寺に着いた。

「うちは祇王のようになりたくおへん。悲しおすもん」

そう言って和子は幸成を見た。

〈祇王は平清盛に愛されていた白拍子《しらびょうし》（歌舞の遊女）であったが、仏御前が現れ、清盛は彼女に魅了され、祇王に暇を出した。この時、祇王は二十一歳の若さで尼となってここに棲んだ。清盛の元を去る時かなり恨んでいたようだ。」

「あの小夜さんも、戸籍に縛られ、幸せになる自由もなく、祇王と同じどす」

「あなたは、そんな心配要りません。良い御養子を迎え、良い奥さんになられます」

「ほんまに？　幸成はん。家へ来てくれはります？」

「あなたに愛されるのはとても嬉しいです。世界一幸せ者です。でも、私がお家に入っても、私の性分からして家業を放っておくことはできないと思いますが、職人にはとてもなれそうにありません。お家の御養子は、和菓子職人のような人が良いと思います」

「幸成はんでなければ、幸成はんが清盛と同じなら、うちは祇王と変わらしまへん」

「あなたは家業を継ぐのが宿命でしょう」

「嫌や、店なんかどうなってもかまいまへん。幸成はん、うちのこと、ほんまは嫌いどすのや。そうでっしゃろ？」

「そんなに性急に、私を困らせないで下さい」

「でも、幸成はんを好きなおなごはんが、よーけ、いやはります。うちの周りの女子学生にも…」

「この辺りは、秋も更けると紅葉も綺麗やろな」

幸成は話題を変えるように言った。

「へえ、美しいどすえ。その頃、また連れてきておくれやす」

帰る途中、大河内山荘でお茶を飲み、桂川でボートに乗った。

そして、二人で「さよ」に立ち寄った。

「あら、お二人で。和子はん、新妻みたいえ」

「まあ、嬉しおす。嵐山の料亭で食事をしようと言ったのに、幸成はんが小夜はんのお店へ行こうって。お腹空いているのに、ここまで来たんえ」

「それは、おおきに。春香はんも先ほど来やはったとこなんえ」

春香は会釈した。

「夕べから、ずっと御一緒でおすか？」と小夜が問うた。

「へえ、一緒え」

幸成は春香にも分かるように、昨日からのことをかいつまんで話した。

「一昨日、お倒れになって心配していました。もう良いのですか？」

春香が心配そうに言った。

「ありがとう。一晩寝たら治りました。心配して頂いて恐縮です」

「春香はん、今朝も来やはったんえ、心配して」

「重ね重ね、すみませんでした」

今日の和子の様子や幸成のリュックのアップリケが目に入り、春香の心は嵐のごとく荒れていた。

「今日は、最後に小夜さんの店へ来たことぐらいが私の意見で、ほとんど和子さんの描いたシナリオ通り…、和子さんは凄い演出家や」

幸成が冗談ぽく言うと、「酷い言い方」と和子がしょげた。

「でも、今日は始終しおらしかったね。私は楽しい一日でした」

幸成は和子の気分を害さないような口調で言った。

三人が食事を終えて帰ろうとすると、小夜は折り箱を二段に包んで幸成に渡した。

「ここまで足を運んでおくれやして、これ、夜食と朝飯にでもしておくれやす」

そう言って、しっかり和子に昨朝の借りを返した格好になり、和子だけでなく、春香の心まで尋常でなくなった。


幸成が家に着くと春香から電話が入った。

春香はそうしなければ、心が治まらなかったのである。

「昨日から楽しんでいらしたのですね？」

「疲れました」

「御養子さんに、なられるのですか？」

「私が和菓子の職人になれますか？」

「ふふふ、想像できませんね。小夜さんに頂いたお料理食べて、お休みなさい」

皮肉っぽく言った。

「明日の朝飯、助かります」

「お疲れの様子ですが、たまらず電話しました。ごめんなさい」

「また、山か水の綺麗な自然の中を歩いてみたくなりました」

「私の故郷の金沢へ来て下さい。京都と似たところもありますが、もっと静かです。近くには白山がありますし、水は綺麗です。温泉もあります。私が御一緒させて頂きます」

「ありがとう。ぜひ、きっと…では、お休みなさい」

「お休みなさい」

三、竜宮城

一週間ほど普段の生活をして、幸成は春香の勧める金沢へ行くことになった。幸成はまだ白山には登っていない。今まで二度ほど計画したが、二度とも天候が悪く中止した経緯がある。今回は白山への登山の計画は無いが、小京都と言われる加賀百万石の城下町と、美しい水に惹かれてのことだった。

二人は朝、特急サンダーバードで大阪を発った。幸成を独り占めにできることに、春香の心は弾んでいた。三時間以内で金沢へ着くため車中の食事は要らない。行く前から、「食事や宿泊など、全てのことは私に任せて下さい。面倒な旅行の支度など必要はありません。身一つで来て下さい」と言われていた。

列車が湖西線の蓬莱駅を過ぎた辺りから、右に琵琶湖、左に蓬莱山が美しく見える。

「ここから見る蓬莱山は、薄く霧が掛かっている時も綺麗で、まるで水墨画のように見える時もあるんです」

「私もここはよく通るので、そのような光景をよく見ています」

「ああ、そうでしたね。あなたは…」

「幸成さんはこちらの方へ、よくいらっしゃるのですか？」

「比良山へ登山、びわ湖バレイや函館山へスキー、それから、高島へ仕事で何度か行ったことがあります」

「そうでしたか」

「函館山やびわ湖バレイの頂からみる琵琶湖の光景は、言葉で表現できないほど美しいです」

「そうですか。私は列車の中から見るだけで、山上に上がったことはありません。近いうちに連れて行って下さい」

「はい。ぜひ」

「先ほど、お仕事で高島へとおっしゃいましたが、今のお仕事とは…？」

「色々な、仕事をしましたから、企業相手に技術的な仕事でした」

「たぶん、色々ご苦労なさったのですね。今の幸成さんを見ていると、そのようなことは微塵も感じませんが…」

「苦労というか夢中でした」

「だから、いっそう優しさが身に付かれたのでしょうね。誰だって幸成さんを好きになってしまう。私にとって、女の人に好かれるのは嫌ですけれど」

「そんなに好かれませんよ。そう言ってくれるのは、あなただけですよ」

「いいえ、小夜さんや和子さんも…私は気が休まりません」

列車は日本海が見える敦賀市に入って来た。

「敦賀と言えばやはり原子力発電所と高速増殖炉もんじゅですね」

「はい」

「あなたとこんな話、合いませんね」

「この前、iPS細胞のお話を聞いて感動しました。色々教えて下さい」

「喋りだしたら止まらなくなるので、困ったものです」

「原子力発電所が何ですの？」

「原子力発電は、もし事故が起きれば財産を全て置き去りにして、地域ごと避難を強いられるのです。こんな無念なことは無いでしょう。また、原発が無ければ全く必要の無い避難訓練など、阿呆な無駄なこともしなくてよい」

「腹が立つわね」

「原発があることによって地域の経済効果を言う人もいますが、それは微々たるものです。それを数値にして、事故の後処理費用やその地域が使えなくなる損失と比べれば、おそらく比較にならないほど小さいと思います。地域経済は智恵を絞って、他の方法を考えれば良いことですし。原子力発電所は未来のエネルギーではなく、もうすでに過去のエネルギーとなり、重荷になってしまいました。普通の機械のように、人が直接触れて事故に対応できない致命的な危険物なのです。将来の日本は再生エネルギーにすべきで、効率の良い風力、水力、地熱、ソーラー、バイオマス、メタンハイドレード、更には、スーパーユーグレナもあります。そして蓄電方法も色々と進んできました。また水素を使う燃料電池も、太陽パネルなどで作った電力を使い、水を電気分解し、水素にして保存もできます。しかし、水を分解するには効率が悪いが、水素の多いアルコールを使えば効率も上がります。ミドリムシ（ユーグレナ）をはじめ、幾多の藻類から効率よく油脂を取る研究や実用化も進んでいます。これらを早く進め、あらゆる方法を考えるべきです」

「早くそうなれば良いのにね」

「ここで原発を使うと、これらが進まないどころか後退することも考えられるのです。原発を持つ電力会社は原発を稼働しなければ、大きな負の荷物だけが残る。そして、原子力を減らしていくと、それに関連する仕事も減る。従ってそれらに従事している人たちの抵抗は大きいが…。まだ対策も決まっていない何年かかるか分からない放射線を帯びた廃棄物の処理費用、これは電気代に含まれていない税金なんですよね。どちらにしても国民が払っているんです。原子力の電気代は安価と言うのは幻想に過ぎないのです」

「私もそう思います」

「これは大事なことですが、福島の原発周辺の対策について、政府は巨額の資金を投じて復興、除染作業をしていますよね。部分的に除染しても、いったん汚染された山河や土地、湖は、そう簡単に元に戻るものではありません。放射線が無くなるまでには、長い歳月や技術の進歩を待たなければならないと思います。心情的には言いにくいが、土地の人には国や東京電力が十分な補償をして、移住をしてもらった方が良いと私は思います。このことは政府や技術者、マスコミも分かっているはずです。しかし、これを言うと、言い出しっぺには、方々から集中砲火が浴びせられるから、皆、口を閉ざしているのです。もし、除染が完了したから戻っても良いと言われても、私ならば戻らない。除染が完了したと言われた時点で、何パーセントの人が戻るでしょう。少なくなった人が戻ってきて作物を作っても、国内は元より国外へも売れない。いくら風評被害と叫んでも通じるものではなく、無理な話です。早くピリオドを打たないと、膨大な資金のみ使い続けられ、無駄金になるのです。企業で言うなら投資効果は全く無いのです」

「そうよね」

「生まれた所で老いて死ぬまで生活できる人の方が希だと思います。私も学校を卒業して故郷を出る時、寂しい思いをしながら、カバン一つ提げて、いわゆる身一つで都会に出ました。その後も生活のため、あるいは仕事の関係で、何度も引っ越しました。

福島の原発事故は天災ではなく、あくまでも原子力関係者の思い上がった人災です。でも、発生してしまった以上どうしようもないのです。そして、部分的ではあるが、せっかくした除染も台風など風雨があると、元の木阿弥です。もし他に事故が起これば、日本中、住めなくなるかも知れない原発は、直ちに止めるべきと考えます。先ほど敦賀を通過しましたが、あそこで原発事故が起こると、関西の水瓶の琵琶湖が汚染されてしまうのです。関係者はこの対策を考えているのでしょうか？　津波が問題になったから、津波対策だけ考え、傷口に絆創膏を貼るような対策です。日本海からのテロなど、何が起こるか分からないのですよね」

「琵琶湖の放射能汚染は、あまり問題にはなりませんね？」

「恐ろしいことです。ｉＰＳ細胞が生み出された日本、そして数々の新技術を生み出す日本。きっと原発を使わず、日本独特の技術を考えられるはずです。私は近未来にエネルギー革命や医療革命が起こると信じています。そうすれば経済的にも大きく寄与できます。原発は不要でも、原子力の研究は続ける必要があるのは間違いありませんが…」

「そこまで踏み込んだ考え、初めて聞きました。いつもそのようなことを考えていらっしゃるのですか？」

「国を憂いているのです」

春香は瞬きもせず、幸成の目を見ている。

「この前、十八歳以上に選挙権を与える話がありましたね。十八歳以上に選挙権を与えるのなら、それに伴って飲酒や喫煙も認めるべきとの特命委員の意見に開いた口が塞がりませんでした。おそらく法だけを考えてのことと思いますが…高校生がタバコを吸いながら酒盛りをしている姿が、すぐ頭に浮かびました。喫煙は体に悪く、飲酒についても、日本人はアセトアルデヒドを分解しにくい人の方が多いし、ましてや脳に良い影響は与えないのです。両方とも国として即座に減らさなければならないのに、何という判断をするのか!と。なお、これによって犯罪も増えるのは明らかですよね。これは取り止めさせなければいけません。また、現在、喫煙が許されている範囲であっても、それによる火災、清掃、医療費、等々無駄な費用が発生しているのです。タバコによる税収より、対応費用の方が多いようにも聞いています。特命委員に選ばれた人も、それなりの著名人だと思います。特命委員の頭の構造を理解するのに悩みますが、彼らを選んだ人々も疑います。過去にも、このこととは別な諮問委員会の決定で、首をかしげることが多くありました。発言しにくい雰囲気なのか、人選が悪いのか、よくよく考えてほしいと思います。無駄な時間や費用が掛かるだけです。日本の国が、こんなことをしているんです。これが国の姿と思うと情けないですね」

そして思い出したように続けた。

「先ほどiPS細胞のこと言っていましたね。それによく似たSTAP細胞の小保方晴子研究員の疑惑、科学者がばれるようなでっち上げをするはずがない。私は今でも信じられないのですよ。それに早稲田大学も博士号の剥奪を検討しているようだけれど。博士号とか、学歴とか、資格なんか問題ではないと思う。たとえ時間は掛かっても自分の実力で再現すれば良いのです。私はエールを送りたい」

「可愛い女性だからでしょう？　本当は側へ行って力になりたいのでしょう？」

「うん。できればそうしたい」

「もうー」

「うん？　更に博士号のことを言うならば、物理学において、ニュートリノに質量があると証明されたのですし、質量が無いという理論の元で幾多の論文を出した研究者の間違いも判明したわけですから、彼らの全てから博士論文を剥奪しなければならなくなることも意味します。有名な科学者や自分の教授の考えに逆らえず、研究している危うさ、改革も必要でしょうね。私は昔から形がある物に質量が無いなどとは信じなかった。ノーベル賞を受賞された梶田隆章博士は、ニュートリノは振動をしているという偉大な発見をなさった。このことは私流に力学的思考をすると、一対になっているとことが想像でき、この振動によって何かが発生しているのではないか？　例えば重力にも関係するような？…色々な想像力がかき立てられます。論文のことに戻りますが、論文の多くは自己の研究や考えではなく、インターネットからコピーしたり、何かからぱくったりして、ろくろく検証もせず承認され、世の中に何の役にも立っていないゴミくずのようなものが多いのですから、これらの多くも剥奪の対象になるのでは…逆に、表面には出ていなくても、自分の引き出しの中に、世の中のためになる沢山の宝物を持っている方もいらっしゃるのですよね」

「何だか、ごまかされた感じ…」

あれこれ話しているうちに、左手に越前海岸があるだろう場所を通りだした。

「あの時は仕事仲間で来たのですが、越前海岸の方へ、イカ釣りに来たことがあるんですよ。夜、五人ほどで小船に乗って釣り始めたのですが、私以外の四人はどんどん釣れるのに、私は全然釣れない。その間、仲間の釣り上げるイカに墨を掛けられっぱなしで、真っ黒にされました。最後に私だけ、蟹が揚がってきて、みんなで大笑いしたことがありました」

「山がお好きと思いましたが、釣りもなさるのですね。でも、何だか楽しそう」

「海も良いですが、やっぱり、山や美しい水の渓流の方が良いですね。悩んだり、疲れている時、その中に行くと生き返える気分になります」

話しているうちに、金沢駅に到着した。

二人は駅の外に出た。他の客に連れられるように、何のためらいもなく旅館の名称が書いてあるマイクロバスへ乗り込んだ。

「車に、あなたの苗字と同じ名称が付いていたが？」

「気にしないで下さい。ここに来たら全て私に任せ、私の言う通りにするとの約束ですよね」

「ははっ、加賀のお姫様」

「嫌やわ。かぐや姫になったり、加賀のお姫様になったり」

「いずれにしてもお姫様や」

「まず、お昼御飯」

「旅館で？」

「ええ、もう頼んであります」

「でも、高価だろうな。私には考えられなかった」

「先ほど気にしないでと言ったでしょう」

「はいっ、お姫様」と、ふざけるように言った。

「またー」

旅館に着くと、「お帰りなさい」という言葉で迎えられた。幸成はこの挨拶が、この旅館の決まりと思った。

「お食事を」と春香が言うと豪華な和室に通され、この部屋は二人の貸し切りのように思えた。

「ただ今お持ちします」

仲居はそう言って部屋を出て行った。

「格式の高そうな、老舗のようだね」

部屋だけでなく、外の庭を見ながら自分のいる所ではないような気分になって、そう言った。春香は、にこやかに平然としていた。

「お待ちどおさま」

何人もの仲居が料理を運び込んだ。

運び込まれた料理を見て、幸成は仰天した。舟に盛られたエビや鯛などの活き造り、魚介類の他、山野で採れる珍しい食物の料理が満載されていた。

「何だか、竜宮城へ来た気分や。春香さんが乙姫さんに見えてきた」

「今度は乙姫ですか？」

「私にはどう見ても、お姫様や」

「ありがとう」

「この支払い大丈夫？」

「もう全て話が付いているから、気にしないで」

「それじゃ頂くことにする。皆、私の大好物ばかりや」

「金沢は海の幸や山の幸が全て揃っているのですよ」

たらふく食べた幸成は、少し休みたいと思った。

「暫く動けそうもありません。行儀悪いが、少し横にならせてもらうよ」

「宜しかったら、私の膝を枕代わりにして下さい」

幸成は照れくさそうに、春香の言葉に従った。

「ますます竜宮城になってきた。おみやげに玉手箱が有るのかな？　最後に玉手箱を渡されて、家に帰って開けたら、白髪のお爺さんになるのじゃないだろうか？」

「ふふふ、玉手箱は私ですよ。扱いを間違えると酷いことになりますからね。今は安心して一休みして下さい」

「ここに来る途中、ロビーでピアノを見かけたのだけれど、自由に弾いて良いのかな？」

「ええ。でも、幸成さん弾けるのですか？」

「ピアノの音が好きなのです。私は弾けませんが、あなたに弾いてもらおうと思って。いつもオーディオの音しか聞いていないので、常々生のピアノを聞きたいと思っていました」

「私、あまり得意じゃありませんけれど、何か聞きたい曲ありますか？」

「月の沙漠を弾きながら歌ってほしい」

「いいわ。で、他には?」

「ショパンのノクターンなら何でも良いです」

「では、変ホ長調、作品九の二でも」

「好きな曲です。それ、お願いします」

そう言いながら、眠ってしまった。

仲居が春香に何か言いたそうな目をして、膳を持って出て行った。

そのうち、この旅館の女将、春香の母親が入ってきた。

「このお方が秋村幸成様か?」

「はい。私の大切な人。愛宕さんのお導きです」

「春香の膝を枕に、よく寝ていらっしゃる。気持ち良さそうに、よほど心地が良いのでしょう。どのような夢を見ていらっしゃるのでしょうか?」

「ここは竜宮城だって。可愛い人」

春香は幸成の肩に手を置きながら母親に言った。母親は嬉しそうに笑顔を見せながら、部屋を出て行った。

一時して、幸成は目を覚ました。

「どのくらい寝たのかな?」

「一時間ほどかと」

「ずっとこのままで？　すみませんでした」

「いいえ、幸せでした。幸成さんを独り占めできているのですもの」

幸成は立ち上がり、体をほぐし始めた。春香は立ち上がろうとして、ひっくり返ってしまった。足が痺れているのである。幸成は済まなさそうに春香の足をさすった。

「不格好なところをお見せしてしまいました」

「いいえ、私のせいです。ごめんなさい」

「もう、大丈夫です。ピアノの所へ行きますか？」

「はい。お願いいたします」

春香はピアノを弾きながら、〔月の沙漠〕を情感たっぷりに歌い上げた。

そしてノクターン変ホ長調作品九の二を詩的感情を入れて弾き切った。

「暫くピアノに触れていないはずなのに、巧いものや。流石、宝塚音楽学校。幸せな時を持たせてもらいました。やっぱり、竜宮城の浦島太郎や」

「またー」

そう言って春香は笑った。

「日暮れまでには、まだ時間があります。その辺、散策しませんか？　せっかく金沢へいらっしゃったのですから」

「はい」

「自転車を用意いたします」

自転車は観光客のために旅館が保有している。

「加賀藩の頃の風情が残っている所へ行きたいな。憧れていたのや」

「良いわ。そういう所を選んでご案内します。近くから行きましょう」

二人は自転車に乗って、漕ぎだした。

「少し進んだだけなのに、自転車、久しぶりに乗ると、太ももの筋肉に堪えるね。昔、山道をよく乗ったのに…」

「私も。筋肉の使うところが違うのね」

浅野川と街並みを見ながら走る。

「この辺り、なんだか風情があるな」

「東茶屋街といって、色里というか遊郭の風情が残っているんよ。今でも夜になると、三味線の音が聞こえるそうよ」

「ふーん。ゆったりとした時の流れの中で、映画で見るように、川面を眺めながら芸子さんと茶屋遊びなんかしてみたいな。今でもできるのかな…でも、かなりお金も要るのやろな…」

「まっ、女の人と遊びたいのでしょう？　ここへお連れするんじゃなかったわ」

「そう怒らないでよ。そういう雰囲気を味わってみたいと思っただけだから」

「同じことじゃない。あなたが金沢に住めば、ここへいらっしゃるんでしょう…」

「私はそんな度胸もお金も無いよ」

「もう、他へ行きましょう。女気の無い所へ」

「それは無理だよ」

「なぜですか?」

「どこへ行っても、私の側には飛びっ切り良い女が付いているんだもの」

「ええっ、それって、誰のことよ」

「他に誰がいるんや?」

「あら…まあー」

言ってしまった幸成も、聞いた春香も緊張した。

街中を移動して、長町武家屋敷跡へ行き、その後、野村家武家屋敷跡へ着いた。

「やっぱり金沢や。加賀百万石が残っていた。気分が引き締まるな」

「こんなところお好きですか?」

「時代劇は好きだから…腰に刀を差して歩きたいような。そして綺麗な武家娘と出会うともっと良い」

「また女性のことを」

「映画で見る武家娘、キリッと締まった着物姿、行儀作法は魅力を感じる」

「私、武家娘でなくて悪いわね」

「そんなこと言っているのではないよ。映画の話だよ」

ゴタゴタ言いながら自転車に乗って、金沢城公園に着いた。そして玉泉院丸庭園へ入り、歩道を歩く。

「ここは綺麗やな」と言って玉泉庵で休憩する。

「玉泉院という女性のために造園されたらしいのよ」

「だから、優美なんだな」

「ここであなたが着物を着て、池の側にでも立てば…想像が膨らむ」

「私は武家娘ではないわよ」

「もうその話は止そうよ」

「でも、私、嬉しい。そう言ってもらって」

「もっと方々へ行きたいけれど、慣れない自転車で太ももが持たない」

「私も」

「竜宮城へ帰ろう」

「お食事とお風呂は竜宮城でして頂いて、宿泊は私の所へ来て下さい」

「あなたの思い通りにして下さい」

「はい。思い通りにさせてもらいます。その言葉忘れないで下さい」

夕食を済ませ風呂から出ると、着替えの下着や、なんだか特別な浴衣だろうか、見たことのない着物が用意されていて、春香は着物を着ていた。そして庭園を歩き、古風な建物へ案内された。

「武家娘に見えませんか？」

「綺麗ですよ。あなたは何を着ても綺麗ですよ」

「ありがとう。女はそう言われると嬉しいものなのよ」

「これが私の部屋」

「やはり、お姫様の部屋ですね」

「そう見ないで下さい、恥ずかしいわ。あなたの部屋はこちら」

「これは王子様の部屋のようや」

「はい、王子様」

古風な建物のわりには、両方の部屋とも彫刻が施された高級なベッドが置かれてあった。

「王子様か、気分が乗ってくるな」

「お休みはそのベッドで、私はいったん私の部屋に戻ります」

「ああ」

そう言って幸成はベッドへ横になった。

「しかしこのベッド、ダブルかな？　広いな」

幸成はベッドで王子様のような気分に浸っていた。

そのうち、色っぽい夜着に着替え春香が入ってきた。

そして、幸成の横へ体を横たえた。

「私の一番大切な人に、私の一番大切なもので、〔おもてなし〕します。もう私はあなたのものです。私の気持ちを受け取って下さい。私の思い通りにしていいと、約束なさったでしょう」

幸成は慌てた。女性は大胆だと思った。

「いくら私が自制しようと思っても、そのような身なりで、あなたが相手ではどうにも自制できない」

春香は上を向いて目をつむった。

幸成は唇を合わせ、抱きしめた。春香は大胆に見えても震えていた。

幸成は心から愛おしいと思った。そして、火が付いたように愛撫を始めた。

行為が終わっても、重なったまま離れなかった。

そして、春香は言った。

「実は私、ここの娘なの。黙っていてごめんなさい」

「分かってましたよ」

「ええっ、どうして？」

「あなたそのものですよ。そのにじみ出る品格がこの竜宮城にピッタリなのですよ。私こそ、知らぬ素振りして謝ります」

「あなたには、かなわないですね。何もかもお見通しなのですね」

「そんなことないです。買いかぶらないで下さい。初めてお会いした時、竹藪から出てきたから、かぐや姫と言いましたね。あなたは他の女性、もっと言うなら、多くの女優にも勝る光り輝くような魅力が溢れていたのです。宝塚の舞台に立たれていても、私など、とても近づくことができない大スターになられるに違いないでしょう。今、私があなたを独り占めにしているのが申し訳ないくらいです」

「あなたこそ買いかぶりです。でも、あなたにそのように見て頂いて嬉しいです。とても幸せです。昼食後、私の膝を枕にして寝ていらっしゃるあなたを見て、母はあなたを、すっかり気に入ったみたいです。女将をしていると分かるのですね。母もきっと…そして先ほどのことも、母は反対しませんでした。憧れて宝塚音楽学校へ入ったと申しましたが、実は実家から逃げ出したかったのです。私は一人娘で、家業を継がされるのが嫌だったのです。でも、愛宕さんであなたにお会いするまでは、後を継がなければいけないかな？　そう思いかけていたのです。でも、あなたにお会いして心が揺らぎました。自分の身を縛ってしまっては、私はあなたを失ってしまいそうで…

和菓子屋のご主人が和子さんの御養子の話をされて、私の心は混乱しました。あなたは飲めないお酒を飲まれて、その場を壊してしまわれましたが、和子さんの、その後の行動に慌てました」

「何と言ったら良いのかな？　前にも言いましたが、私が和菓子屋の主人になれますか？　似合いますか？」

「そう言えば…ふふふ、ごめんなさい。笑って」

「それで、あなたのお家の跡継ぎはどうなさいます？」

「あなたが金沢へ来て下されば、私も決心できます」

「私が旅館の主人ですか？」

「旅館の仕事は殆ど女の仕事です。あなたには一切させません。私が全て仕切ります」

「和子さんにも同じことを言われました」

「あなたには学問がお似合いです。好きなようにして下さい。お茶屋さんへ通われるのは嫌ですが。武家娘のようになれるように努力します」

　少し沈黙の後、

「金沢は良いところや。食べ物はうまいし、水は美しいし、風情も良いし、お姫様もいるし。気に入っている」

「お茶屋もあるからでしょう」

「女性は一人で沢山」

「うそっ、小夜さん、和子さん、まだ私の知らないところにも…あなたは女性に好かれるから…」

「妬いてくれているんですね？　嬉しいな。あなたに妬いたもらえるなんて」

「知りません。私に嫌な思いをさせておいて、喜んでいるなんて」

「ごめん。でもあなたこそ、その容姿、男が放っておかないよ。あなたの夫になれば心配で早死にするよ。きっと」

「うまいこと言って」

「本当だよ」

「ね。本当に、金沢に住んでよ！」

「住みたいとも思っている。考えておきます」

「きっとよ」

「仕事もあるし、明日大阪に帰ります。白山は未練があるが、改めて装備を整え、登山できるよう出直します」

「私も帰ります」

「それじゃ、途中下車してびわ湖バレイに寄りましょう」

「嬉しいわ」

金沢を発って琵琶湖にさしかかった頃、幸成は思い出したように話し始めた。
「ちょうど真反対というか、琵琶湖の南側に石山という駅があります。駅からタクシーに乗ることになるのですが、ある中小企業があるんです。ある時、その会社を訪れると、社長は持ち構えていたように『家を新築したから一緒に来てくれ』と言うんです。立派な家が建っていました。応接室へ通され、お茶を飲んでいると、家がぐらぐら揺れて驚きました。新築の家ですよ。私が『地震や』と言うと、『あれは新幹線が通った振動や』と言うんです。地盤が弱いのか、全域があんなのか、慣れるまで大変だろうな…家は長持ちするのだろうかと心配しました。そのうち社長に、また驚かされました。『今日は今から出掛けるから、今日一日会社を頼む』と言うんです。理由は聞きませんでした。その日は、『仕事を貰っている会社が打ち合わせに来る。その対応も全て任すから頼む』と言うんです。『貰っている仕事の設計が悪くて組み立てがうまくできない。改良も指示してほしい』と言うんです。『他の流れ作業は現場の責任者もいるから、彼らに任せ、問題が起これば対処を頼む』と言って社長は消えてしまいました。私も頼まれた以上やるしかない。自由にして良いと言われているから、文字通りの一日社長です。他社の設計を変えさせる打ち合わせも大変だったけれど、現場でも細かいトラブルが起こるし、大変な一日でした。一日も終わりかけて、やれやれと思っていたところ、社長から電話があって、『タクシーを寄越すから、それに乗ってくれ』と言うんです。まもなくタクシーが来て、乗り込みました。タクシーが着いた所は瀬田川の岸辺にある料亭旅館です。入るなり、また驚きました。社長は飲んだくれて、すっかりできあがっているのです。私を見るなり、『今日はご苦労さんやったな』そう言うから内容を報告しようとすると、手を振って『報告は良い。一杯やろう』と杯を勧めるので、私は下戸やと言うと、『ああ、そうやったな。ごめん。お腹空いたやろ』そう言って仲居を呼ぶと、また驚きました。仲居は小学校時代、社長と同級生で、『今偉そうに社長しているが、あの頃はできが悪くて…』とぼろかすに言うんです。そして『社長は朝からここで飲んでいた』と言うんです。社長は怒りもせず、この人に何か食べさせてやってくれと指示しました。面白いシーンでした。お互いよく理解しているのでしょうね」

「社長と仲居さんもだけれど、社長とあなたの信頼関係も凄いと思うわ。だって、何もかもあなたに任せて、報告も聞こうとしないのですもの」

「社長は従業員に話せない悩みや苦悩を持っているんですよね」

「他にも何人かあのような関係の社長がいてます。驚くことはまだあるのです。食事が済んだ頃、『これから雄琴温泉へ行こう』と言いだすんです」

「雄琴温泉って？」

「琵琶湖の西側でこの列車も通ります」

「どんなところですか？」

「私もよくは知りませんが、社長の行こうとしていたところは、女性と遊ぶところがあるらしいのです」

「あなたも行かれたのですか？」

「いいえ。私はその夜、広島まで行かなければならないので、丁重に断りました」

「聞いていると、大変なお仕事をなさっていたのですね」

「生きていくためにね」

「でも、広島へ行く口実がなければ、あなたも雄琴へ行かれたのですか？」

「興味はありますが、たぶん行かなかったでしょう。私の行くところではないようで」

「やっぱり、あなたの周りには女性の危険がいっぱい」

「あ、女性で思い出した。ある研修会の時、席に七〇人ほどいたかな、講師がそろそろ入ってくる時刻で、教室はシーンと静まりかえっていた時、ドアを二回ノックしたので、私が『入ってます』と言ったら、皆ドーッと笑った。その時、何も知らない京都の女子大生が入って来て、皆彼女を注目した。彼女は何も分からないまま、顔が赤くなっていた。私は悪いことしたと思いました」

「悪い人。でも、幸成さんらしいかな」

「でも、二回のノックはトイレらしい。もしあの時、講師が入ってきたらどうなっていたか？　私は室外へ放り出されていたかも知れないな」

「ついでまでに、ノックについては「プロトコールマナー」と呼ばれる国際標準マナーがあり、回数が決められている。二回はトイレ、三回は家族、友人、恋人など親しい相手、四回以上は初訪問や礼儀が必要な相手。ビジネスでは三回も許されている。」

「でも、教室の雰囲気が分かる気がするわ。あなたのいるところの雰囲気が…」

「時折、思い出しては笑っているんです」

「ところで、あなたのお家へ訪ねて行って良いですか？」

「良いよ。あなたのお家では最高のおもてなしで、随分お世話になりましたしね。拒否する理由はありません」

「お訪ねしたら、奥さんかどなたかがいらっしゃったりして」

「なら、どうします？」

「もう、どなたがいらしても関係ないです。私も強くなりました」

「最高のおもてなしをして頂いた。私はどのようなおもてなしをしたら良いのかな？

悩みます」

「お義理堅いことで。でも、その必要はありません。私の好きなようにさせて頂ければそれで良いのです」

「それはかまわないけれど」

「お部屋のスペアキーを私に下さい。駄目？」

「良いよ」

「嬉しいわ。これだけで充分です」

「帰ってきたら竜宮城に変わっていたりして。お姫様はいるのだし」

「ふふふ、どうなるかしら。あなたが留守の時、電話が掛かってきたら、どうなるかしら？　奥様ですかって聞かれたら」

「どう答える？」

「はいって答えるつもりよ。色々想像すると何だか楽しくなってきたわ」

「私はどうなるんだろう？　この先何が起こるのやら、私には見当もつかない。なんだか不安になってきた」

「世の中の先読みはできるくせに」

春香は笑った。

「あなたにはかなわない」

今は全く春香のペースで進んでいる。

そのうち、びわ湖バレイへの最寄り駅、志賀駅に着いた。

バスに十五分ほど乗って、びわ湖バレイ山麓に着く。そこからびわ湖アルプスゴンドラに乗り、山頂駅へ。蓬莱山の頂へは徒歩で登るか、リフトを使用する。二人はリフトを使用した。〔蓬莱山は標高一一七四・三メートル。〕

「わあ、綺麗」

春香ははしゃいでいる。

「これを見せたかったのや」

「ここなら、何時間いても飽きそうにないわ」

「だろう。琵琶湖が一望できる」

「お弁当持って、また来ましょう」

「昼寝できるね」

「こんな綺麗なところで昼寝か。贅沢なのか、もったいないのか」

「でも、昼寝するなら私の膝を貸してあげる」

「ほんまに贅沢なことや」

「贅沢ですか?」

「これ以上贅沢なことは無いでしょう」

春香は嬉しそうに微笑んでいる。

「ここは冬になればスキーもできる。手軽に来れるからいいよ。コースも気に入っている」

「なんだか楽しそう。私にも教えて」

「うん」

「約束よ」

リフトであちこち移動した後、下山した。

帰りの電車の中で中国人や韓国人を見かけ、幸成は春香に話した。

「金沢でも、京都でも、中国の人や韓国の人が日本へ来て下さるのは有り難いことやが、両国の政府はいただけないな。中国も韓国も抗日、反日教育をしているし、中国は毎日抗日の映画を続けているらしいが、いつまでも、そんなことをしていたら反日人口は減らず、未来への明るい動きではないな。どこでも、国間、個人間など、トラブルは多いが、前向きに考えなければ、いつまで経っても前進しないよ。新技術、人類のため、お互い協力し合って進めてゆけば飛躍するものも、無駄なところに頭を使っている。もったいないことや」

「そうよね」

「中国も国際法を守らず、領海侵犯のみならず、赤珊瑚や魚介類など、海底資源の強奪や資源探査までしている。いずれ、将来手に入れるためでなければ資源探査などしないだろうし、南沙諸島の公海部の勝手な埋め立てと軍事基地化、海洋や近隣国の支配化を進め、昔は中国の領土だったと言っているが、歴史の変化を考慮すれば長い間にはどこのものか知れたものではない。中国は米中で世界を支配しようと米国に働きかけたり、軍事、経済に力が付いてきたから好き勝手なことをしようとしてる」

「怖いことね」

「人望も無く、国際法も守らず、軍の図体のみ大きくなると、他国へ侵略したがる。何千年も変わらず繰り返されてきた国内の歴史を世界展開してるも同じや」

「もっと周囲のことを考えてもらわねばね」

「それに中国経済はつるべ落としの如く落ち込んできているし、中国国内のことを考慮すると、今後も更に落ち込んでゆくことは間違いない。資金は泉の如く湧いてくるわけでなく、近いうちに軍の縮小も余儀なくされるだろうと思う」

「そうなれば良いね」

「国民の生活を放りっぱなしで、軍備や外にばかり目を向けていれば、いずれ国民も爆発するだろうし、公官庁の腐敗も大きな問題になっているらしい。腐敗は兵にも及び、兵の位も世襲制で、日本の江戸時代以前と変わらない。ビジネスにおいても賄賂は日常化していて、国民には、これらの不満も大きな爆発要因になることに間違いないだろう」

「改革が起こるということですか？」

「私はそう思っている。それに、そうなることを願っている。で、なければ国は良くならない」

「難しい政治の問題よね」

「韓国の慰安婦の問題も一九六五年、日韓基本条約で、先の大戦に対する賠償請求権の問題は完全かつ最終的に解決済みで、慰安婦のことも一九九五年アジア女性基金などで償い、金などを支給して何度も謝っている（韓国国内で、一部の反対者の強行な圧力によって一部の元慰安婦の人は受け取らなかったようだけれど）のに、何度も蒸し返している。更に、韓国も二国間の問題であるにもかかわらず、第三国へ慰安婦の像を建てる。よその国を悪く言う告げ口外交、例えば我々の普段の生活の中でも、他人のことを陰でこそこそ悪く言い、他人を落とし入れたりすることも聞く。子供の世界ではいじめにつながっている。このようなことは誰だって嫌だし、大和魂が一番嫌うことですよね」

「大和魂ね」

「うん。これは日本を落とし入れることに他ならない。このことで自国の品格を落としていることになるのに気づかない哀れさ。私は理解に苦しむ」

「品格という言葉よく使うわね」

「これは人格を形成する根本と思うのや。同じことかも知れないが…中国や韓国にとっては貿易や技術など、日本は目の上のたんこぶと同じで、もし日本がいなければ優位に立てるに違いないと思う考え、そのようなことをするのは国民性なのだろうか？」

「……」

「韓国の裁判官など、法でなく、特定民意の感情的威圧や、政界、財閥の権力の威圧で決めてしまう。先進国のすることではありません」

「仏像が盗難に遭っても返されないことがあるしね」

「少し話は古くなるけれど、先の大戦が終結したにもかかわらず、シベリアへ捕虜として抑留され、現在のウズベキスタン共和国へも移送された。連れて行かれた日本人は火力発電所、国立ナボイ劇場など数々の建設に従事した。ある時、大地震が発生して他の建物は全て崩壊したが、日本人が建設したものだけはびくともしなく、特に国立ナボイ劇場は現地の人たちの救いの場となったと伝え聞いている。建設中も日本人の真面目で温かい心は現在にも語り継がれているらしい。それで思うんだけど、日本人の資質や、日本人として、或いは個人のプライドなしには成し得なかったことだと思う。プライドは日本人だけでなく、世界中の人々に持ってもらいたい。かなり世界は変わると思う」

「あなたを見ていると、品格とかプライドがよく分かります」

「普段、人々の間でも見返りがないのに、あの人のためなら心から命も賭けられるというように思うことがある。人が人望や信頼を得るには、それなりの人格、品格が大切なんですよね。中韓も世界に信頼されるには、人が品格を高めるように国としての品格を高めなければ、誰もついて来ない。今は利害で寄りついているにすぎない。力ずくや資金力で『俺は偉いんや』と言っても、誰も心から信頼しない。日本は中韓に迷惑を掛けたことは、軍が日本の国民にしてきたことからも想像できます。しかし、慰安婦問題については、感情だけで行動し頭脳で考えていない。韓国の学者の中にも、当時韓国の業者が貧しい家の娘を買い集めたと記載すれば、その記載が正当であっても、国民が抹殺しようとする。これでは進展しない。色々な事実を検証し、進めて行かねばならないな。また慰安婦だけに注目するが、韓国人もベトナムで酷いことをしてきた事実を隠そうとする。慰安婦問題を言うなら、これも公表して、オープンな場で話し合うことが必要や。中国国内では今も人身売買が行われている事実、慰安婦問題どころの騒ぎではないだろう。このようなことでは、自ら一流国と言っても世界は認めない。人で言う人望と、国としての品格を持たなければ、いつまで経っても三流国以下から上がれないだろう」

「ほんとに、ニュース見てても腹が立つわね」

「それに、中韓は第二次世界大戦のことばかり言っているが、日本の幕末の吉田松陰や高杉晋作のような人は出てこないのかな。北朝鮮もそうあってほしい。勉強ぐらいしてほしいな。もっと国を変えることができるかも知れない。技術も物真似やパクリでなく、自己発想のプライドが欲しいな。松陰や晋作で思うのだけれど、あそこへ集まった若者は幕府や藩の学校でなく、言い換えればブランド校ではない私塾に過ぎなかったが、偉業を成し遂げた。ここで言えることは、国も学校も職場もブランドではなく、師匠と弟子の資質が大事なことなのやろな」

「大切なことよね」

「今思うのやけれど、孔子の思想の一部を国情に合わせ、一番受け継いだのは中国や韓国ではなく、自己を鍛錬し、文武両道を常とした日本の武士道だったのかも知れないな。それが今の日本独特の倫理観、精神力にも繋がっているのではないだろうか？（礼儀、信頼、正義感、責任感、裏切らない、他人を思いやる心）かつて日本は、韓国に対して植民地政策を行っていた時代があった。日本人として申し訳ないことだと思う。しかしその間、韓国内に多くのインフラを整えた。そして韓国は戦場にはなっていないが、戦後、多額の賠償金を支払い、製鉄所や橋梁など、多くのインフラや技ないだろうか。今の韓国経済があるのも、それが一因になったと考えて良いのではないだろうか。中国も鄧小平氏時代に製鉄所や日本の電気メーカーなどが中国へ進出して、企業の有り様や技術指導を行ったことも、中国の繁栄に一役を買ったことに疑う余地はないと思います。今では日本の新幹線など、法を無視し、そのままコピーして輸出している例もある。ハンドバッグぐらいならごまかすことができるかも知れないが、私は技術者だから分かるのだけれど、新幹線を含む精密機械の技術には、部品一つとっても、材質、寸法、仕上げ、熱処理など、目に見えないノウハウが多く、テレビのように部品を集め、組み合わせれば良いというようなわけにはいかないのです」

「難しいのですね」

「日本にはコピーでなく個人で、無を有にしようとする精神があるんです。資金がなく、有人飛行はライト兄弟に先を越されたが、薬屋で働きながら独学で学習や実験をし研究をした二宮忠八は、飛行機の設計図を仕上げていたのです。日本には幾つもそういう例があるのです」

「凄いことですね」

「日本と中韓は、過去には良好な関係の時もあった。政策かも知れないが、今は恨みのみ出ているように思える。北朝鮮は例外として、世界で日本を嫌っているのは中韓だけです。中国は屈辱的なアヘン戦争、最近まで英国領だった香港、このようなことがあったにもかかわらず、今、中国は英国にすり寄っている。中国は日本より兵力があり、法律も日本は攻撃ができないことを分かっているから、やりたい放題のことをしているね。人と人の間に心の繋がりが大切なように、国と国にも似たような繋がりが絶対必要ですよね。多くの国民は平和な交流を願っているが、政権を担っている一部の者がそれを潰している情けない現状を憂います」

「情けないことですね」

「国際連合も、今はあまり機能を果たしていないです。各国の軍事力で決まっていることが多いです。国連は、もうカビが生えた遺物にすぎなくなってしまった。あちこちの紛争に何もできない。何のために存在するのか分からない。常任理事国の拒否権、これが有る以上、関係国の利害が先行して紛争の話はまとまらない。そして第二次大戦の敗戦国日本は、仮にやむをえず軍事行動を起こした場合でも、国際連合安全保障理事会の許可無く、一方的に戦勝国側に攻撃されても反論できない永久的敵国条項が制定されたままで、例えば戦勝国中国に因縁をつけられ、少しでも軍事行動を起こすと、いつ攻撃されてもいいような条項になっている恐ろしい立場です。これは世界中で日本だけです。同じように敗戦したドイツ、イタリアはＮＡＴＯに入っているため国連のこの条項には入っていません。今まで国際社会に多大な貢献をしてきて、もう七〇年も経っているのだから、新しい法を作り、その法の下で、新たに国際連合を作り替えなければ世界を鎮めることができないのは明らかです。国内で誘拐すれば個人の刑罰は大きいが、国家が拉致すれば罪に問えない現在の矛盾…拉致のような国家的犯罪に対しても、その国の元首を罰することができる法にしなければなりません。テロに対して当該各国が個別に対処するのでなく、世界で対処する。国際司法裁判所も、両国が出席しなければ裁判ができないという訳の分からない決まりごと、裁判で決めようとしても、自国に不利益ならば出席しない。これでは領土問題も解決しない。これも作り替えねばならないですよね。とはいっても、いくら心を尽くそうとも、初めから武力で勝ち取ろうと決めて掛かってくる人や国には、それなりの対応が必要となってきます。しかし何も戦いをするというのではありません。人でも同じことですが、あいつに挑めば酷いしっぺ返しがある。決して手を出すな！ということがあります。同じく日本に手を出せば、恐ろしいしっぺ返しがある。そのようなイメージ付けが必要で、しっぺ返しの方法は、外には漏らさず、秘密裏に複数方法を進めれば良いでしょう。方法は日本の得意な技術力で新しい方法を作り出したり、経済力などを生かせば良いのです。例えば、今では夢みたいな笑い話にしか思えませんが、ミサイルも発射した方へ戻させて、その国へ着弾し大打撃を与える。これはミサイルを持っていなくても、持っている以上に恐ろしい兵器となります。もしミサイルがソフトで制御されていれば、外から書き換えることも可能でしょうし、もしソフトでは無理でも、それを可能にする隠れた天才がいるかも知れません。ミサイル以外にも、考えれば面白いことが沢山あるかも知れないなー楽しいですよね」

「世界のことは難しいですね。でも面白いことも考えておられるのですね」

「世界には、人の飢え、原発などの放射能汚染、エネルギー、大気汚染…問題は山積しています」

「でも、なんやかやと、頭の中、お忙しいことですね」

「私の性分や。でも、世界を良くしたい。この気持ちには変わりはないのや。このようなことを喋りだしたら、止まらなくなる。付き合わせてごめんね」

「今の私の頭の中は、あなたのことだけですよ。このまま、あなたのお家へついて行って、約束したあなたの部屋のキーを貰うつもり。良いわよね？」

「お好きなように…」


幸成のマンションの玄関に着いた。

「駅からすぐのタワーマンション、良いところに住んでいるじゃない。私、憧れていたの」

中に入って、ホテルのロビーのようなサービスカウンターの前を通り、エレベーターへ。

「へー、ホテルみたい」

「でも、竜宮城にはかなわない」

「三〇階、見晴らし良いでしょう。でも、セキュリティー厳しそう」

「まあね」

二人は部屋に入った。

「わあ素敵、私もここに住みたいな」

「何か飲みますか？」

「いいえ」

「今日は遅いから、あなたを帰すのは危険やな。でも、ベッド一つしか無いのや。しかも、シングル」

「シングルでも良いじゃない。くっついて寝れば。泊めて下さい」


それから春香はマンションに度々訪れるようになり、幸成の留守の間に、シングルベッドをダブルに変え、「私も眠れるでしょう」とはしゃいでいる。

ソファーやカーテン、家具も女性好みの優雅でロマンチックなものになり、ピアノまで置いて、殺風景な幸成の部屋がすっかり変わってしまった。

春香は幸成の部屋に自由に出入りできるようになり、居着いてしまった。近所の奥方連中に奥様と呼ばれ、浮き浮きして甘えたり新妻ぶっている。幸成の帰りが遅いと拗ねて、しつこく理由を尋ねたりするようになった。

春香のお陰で住み心地は良くなったものの、長距離電話の多い幸成には納得できないことがあった。

この部屋に合った機種は自分で選べるとはいうものの、ＮＴＴ東西の固定電話である。ＮＴＴ東西の固定電話は電話だけ申し込むと、通話距離が増すほど、通話料金がメチャクチャ高くなる昔ながらのアナログ電話である。光ファイバーを使ってＩＰ電話にすれば安くなるのに、それをしない。インターネットとセットにすれば他社との競争もあるから、デジタルのＩＰ電話は使えて安価になるが、例えば地方の老人は電話だけの場合が多い。都会の家族に電話すると高額になる。このマンションのように、今はマンションに既設されているインターネットが多い。その場合でも電話だけ申し込むと光回線があるにもかかわらず、アナログを使い高額な通話料を取る。ＮＴＴ東西にとってもアナログは設備費用も維持費も高額になる。しかし、かたくなに変えようとしない。収益源としたいのに違いない。

携帯電話も他社を参入させ、競争が無ければ、今でも電話機は大きくて、凄く高価な通話料だったに違いない。ソフトバンクの孫社長が大分前に、日本中を光回線にするよう提案なさった。しかも安価にできる証明もなさったが、総務省、ＮＴＴ東西を中心として学者たちを巻き込んで、できるはずがないと反対した経緯がある。これまでアナログにおいて様々な使い方を模索してきたから、単純にはデジタル化ができないよう傷口を広げてしまったようだ。

そのＮＴＴ東西も二〇一五年十一月六日になって、やっと重い腰を上げ、今後十年をかけて二〇二五年を目処に、料金は公表していないが、全国全ての固定電話をデジタル化するようだ。

ＩＴ技術の進歩は早いから今後十年経てば、その業態も変わる可能性が高い。企業はスピード化が必須条件なのである。幸成はかねてからＮＴＴ東西や総務省、それに既得権益に絡んだ関係者に強い不満を持っている。

四、鞍馬の火祭

久しぶりに「さよ」へ寄った。

「あら、どこかへ行っていらしたのですか？」

「金沢へ」

「まあ、春香さんの？」

「ええ」

幸成は隠さず話した。

「それは楽しいことでおましたやろ」

「ええ。海産物や野山のものも豊富で新鮮で、竜宮城のようなところでした」

「まあ、ぬけぬけと」

「何か隠さなくてはいけませんか？」

「春香はんと、ええことあったんと違いますか？」

「旅行に行って、そんなに色々聞かれたら困ります」

「で、おみやげは？」

「あ、忘れた」

「やっぱり春香はんと…春香はん、この頃、来やはりませんのや」

「ふーむ」

「とぼけはって」

「竜宮城のようにはいきませんが、いつもので宜しおすか？　和子はんも、やきもきしてはりましたえ」

「そう言われても…、あまりいじめないで下さい」

「うちとも付き合っておくれやす」

「はい？」

「今度の鞍馬の火祭、うちとデートしておくれやす」

「鞍馬の火祭か、行ってみたいな」

「じゃ決まりどすえ。鞍馬の火祭は十月二十二日。帰りは遅くなりますよって、うちの家にお泊まりやす」

「ありがとう。そうさせてもらいます」

「夕刻、家へ来ておくれやす」

「あの籍を抜く話、どうなりましたか？」

「まだです。近いうちに弁護士はんに相談してみます。籍が抜けたら、幸成はん、うちを貰ってくれはりますか?」

「飛躍しすぎですよ。でも、女性の幸せを掴んでほしい」

「ごまかしはって」

〔鞍馬の火祭は、九四〇年(天慶三年)平安京の内裏に祭られていた由岐明神(由岐神社)で、天変地異や争いなどの事変による世情不安を収めるため、朱雀天王の案によって、鞍馬に遷されたとされている。〕

当日、「さよ」で待ち合わせ、二人は鞍馬へ向かった。

火祭は鎮守の由岐神社の例祭で、目的地へ行くと門前の人々が道にかがり火を焚き、小松明《たいまつ》を持って「祭礼《さいれい》」、「祭礼《さいりょう》」と叫んで練り歩いている。大松明は何人かで担ぎ上げ、後に鞍馬寺山門下に集結して、拍子を取った楽曲と、威勢の良いかけ声と、燃える炎が異様な雰囲気で、時の経過とともに最高潮になってきた。

幸成は小夜の顔を見た。松明の火は小夜の顔を紅潮させ、大きな目には松明の炎がゆらゆらと燃え、何かを思い詰めた女の情念のようにも見えた。

ここに来る途中、小夜は近くにある貴船神社の「丑《うし》の刻《こく》参り」の伝説を語って、「幸成はんは、多くの女子はんに好かれておいやす。お気をつけやす。女は怖いどすえ」と言っていた。今、小夜の目に燃え映る炎は、「うちを裏切れば、わら人形に五寸釘を打って、呪ってやるから」と言っているようにも思えた。

見物者の混雑の中、一時を過ごし、人混みをかき分けながら帰途についた。

いずれも混雑した乗り物を乗り継いだ後、「さよ」に着いた。夜も更けていた。

季節もこの頃になると、京都の夜は流石に冷える。

「やっと帰ってきたという気持ちですね。やっぱり落ち着く」

「うちも。自分の家が一番宜しおす」

「私は雑踏が苦手や。人の集まる所やデパートも疲れる。静かに自宅にいるのが一番落ち着く」

「うちの所も、自分のお家と思っておくれやす」

「ありがとう」

「お腹空きやしたやろ」

「安心したら、余計お腹が空いてきた」

「昼間に作っておいた物が有りますよって、すぐ温めます。お風呂もお湯を入れておきますよって、食事が済んだらお入りやす」

「何から何までお世話かけます」

「そんな水くさいこと、言わんでおくれやす。幸成はんのお世話しとおますのや」

「そんなこと、言ってくれるのは小夜さんとお袋ぐらいや」

「うまいこと言いはって」

「出かける前に、お床も用意しておますよって、後でゆっくりお休みやす」

「そんなに色々となさって、大変でしたでしょう」

「好きな男はんのためなら、女にはなんでもおへん。むしろ楽しおす」

食事を済ませ風呂へ入った。風呂から出ると、下着や夜着も用意されていた。

「下着は洗っておきますよって、乾いた時にでもお渡しします」

そう言って小夜も風呂に向かった。

幸成は布団の上で新聞を見ていた。

横になった時、小夜も風呂から出て、夜着で入ってきた。

「幸成はんと一つの布団で休ませてもらいます」

幸成は慌てて言った。

「小夜さんのような女性が一緒なら、私も自制心が働かなくなります」

「抱いておくれやす。ずーっと前からそう思っていたのどすえ」

小夜は幸成の隣に並んで横になった。

「幸成はんの好きにしておくれやす」

幸成は小夜の夜着を脱がせ、唇を重ね、首、乳房へ、唇と手で全身を愛撫し始めると、小夜はうめき声とともに積極的に幸成を求め愛撫しだした。そして一つになると、小夜は声を上げ、幸成はますます興奮した。何度も上下に入れ替わり、体勢を変えながら苦しむように悶え、享楽の世界に入っていった。小夜は幸成に思いを募らせていただけに、何度も求め、幸成もそれに優しく応じた。夜通しと思えるほど求め合い、二人は朝になってようやく眠りについた。

その頃、春香との金沢旅行や小夜との鞍馬の火祭のことを耳にした和子は、無性に幸成と会いたかった。〈うちの恋は、今はちょうど木材を蒸し焼きにして、燻ったまま炭になったようなものや。このままでは嫌や。この炭に火を付けて、木材の時より何倍も強い火力の炎を出して燃えてみたい。紅葉の頃、二人で嵯峨野へ行く約束がある。ちょうどよい機会や。〉今日学校で会った時、幸成とデートの約束をした。嵐山にホテルも予約した。和子は抑えきれない愛を幸成にぶつけ、全てを捧げようと考えている。

幸成はその日の仕事を終え、自宅へ戻った。流石に疲れていた。

春香が来ていた。

「昨夜どうしてたのですか？」

「小夜さんに誘われて、鞍馬の火祭を見物に行って寝不足や。人混みで疲れた」

「小夜さんのお家へ泊まられたのですか？」

「はい。お世話かけました」

「夕べ、私、お待ちしていましたのに。小夜さんのおもてなし、どうでした?」

「えええっ」

「さぞ、良かったのでしょうね。あなたは隠し事はできないですものね」

「……」

「楽しいダブルベッド用意して待ってましたのに、昨夜、私、一人寂しく過ごしたのですよ」

「悪かったね、ごめんね」

「私だけの幸成さんでなければ嫌よ。毎日心配させて…」

「あなたの気持ちは、とても嬉しいよ」

「あちこちで、女の人つくって、どうするおつもりよ?」

「どうしたら良い?」

「知るものですか、自分で考えなさい」

「私には分からない」

「源氏物語の光源氏じゃあるまいし…」

「光源氏? あっそうか、光源氏、私は憧れていたんや」

「ええっ! もうー知らない! 知らない!」

〈早く金沢へ連れて行かなければ…そして白山へ目を向けさせなければ…〉

■好評既刊本の紹介

『約束の詩 ─治まらぬ鼓動─』 Promised poetry (Never forgettable love)

〔本文より〕

初めて会って以来一途に思い続け、一時も由布子のことが心から離れなかった…。〈男子みんなが憧れているあの高嶺の花の由布子が、あのお姫様が、何と、この自分を本当に思っていてくれている。ああ、こんな幸せ、本当にあるのだろうか？　夢ではないだろうか？〉

足が地から浮き上がり、のぼせ上がって有頂天に…。自分のために世界がある…。もう何も怖いものは無い。何でも出来るような不思議な力が湧いてくる。…美しいヒロインを恋人に持つ映画の主人公になったような気分でもある。

どんな言葉を使っても表現し尽くせない心情。決して大袈裟ではない。

こんな満ち足りた幸せが訪れ…高揚する気分になれることも人生にはあるものなのだ…しかも教室で…授業中に…こんな気持ちになれるなんて…学校へ行くのがこれほど楽しいとは…。

晶彦は生まれて初めて、天にも舞い上がるような幸せ感に包まれた。そして、いつまでもこんな気持ちでいられたら…と、祈る思いである。

（中略）

恋うひとに　思われている　幸夢心

（中略）

駅に近付いて、晶彦はハッと一人の女子学生の姿に心を奪われ、視線が彼女を追った。その姿はうららかな陽光を浴びて、人混みとともに駅の中へと消えて行った。晶彦は視線を逸らさず、ただその場に佇んでいた。

出張のことで頭がいっぱいで、一時潜んでいた由布子の存在が、ひょっこり晶彦の心に戻って来た。あの笑顔、明るい声、仕草、そして、教室での彼女など、数々のシーンが、次々と輝き始め、あの至福のステージが蘇ってきたのである。

「どうなさったのですか」

肩を叩く優しい女性の声が聞こえた。

「いえ、何も」

そう応えたものの、同じ所に佇んだまま思いの外、時間は経過していて、目は涙で潤んでいた。最高に幸せな思い出は、最高の辛さにも変わるのである。

いつしか新幹線の窓際のシートに座っていた。晶彦は顔を窓の方を向けている。涙が溢れ出て止まらない。晶彦はまだ、あの至福のステージの中にいた。由布子は咲き始めた花のように、瑞々しいまま微笑んでいる。しかし現実の晶彦の側に、彼女はいないのだ。

髪がたや　似た後ろ影　心を突き
　　なお治まらぬ　鼓動…

と、まで詠んだ。しかし、後が定まらない。
悲しくて、切なくて、そして、儚く、空しい思いが入り乱れ、愛しさが止めどなく込み上げてきて、渦を巻いているのである。

『二重奏―いつか行く道―』Life of love（Realize thinking）

スキー場の山荘はオイルショックのため未完成で、内外装はおろか床は土のまま木くずが散乱している。そんな中で男女は出会い、二人は楽しみを見つけ、正月休みを過ごす。男は大阪、女は名古屋。付き合ううち恋人の親が経営する会社や家が窮地に陥り、男は全てを捨て名古屋に駆けつける。命を賭け、恋人のため会社の再生に尽くす。会社再生後、恋人の兄に会社を託して一人会社を去り自分の道へ進んでいくが、無理を重ねた男は病に倒れ、人生は思わぬ展開へ…。

〔本文より〕

姫が勘助を困らせることをしても、無理を言っても、温かく見守って、報われるあてのない愛をますます募らせてゆく…。

「女性の美しさは、時には男の魂を変えてしまう悩力を持っているんやな…〝のう〟は悩む方の…勘助のあのような愛し方も何だか切なく…ロマンが溢れていて…由布姫の美しさとともに印象に残っているのです。ま、これらの内容は、僕の欲求的想像も手伝って、作品よりドラマチックに記憶している感も強いですが…」

「でも、あなたも由布姫さまに恋しているみたい…私、何だか嫉妬している気分」

（中略）

「写真を撮る人は今のうちに撮っておいて下さい。明日は早立ちします。槍や穂高も朝は日陰になってシルエットだけになりますから…それから、山の名称は左から、西鎌尾根、槍ヶ岳、中岳、南岳、大キレット、北穂高岳、唐沢岳、奥穂高岳、西穂高岳…」

指を差しながら美紀は細かく説明してから、付け加えた。

「ここからは見えませんが、槍ヶ岳の北側には急峻な北鎌尾根、東側には東鎌尾根が有ります…上高地は西穂高岳の山向こうの丁度この方向です」

この時、太陽はほぼ南南西にあって、突き上がった槍の穂先や連山の稜線から続いている数々の尾根、谷、沢のヒダは、色々な陰影を作り、見事な立体感を醸し出しながら急峻な深い谷へ落ち込んでいる。しかし穂高連峰と鏡平の間には標高約二四四〇メートルの奥丸山や中崎尾根があるので谷底までは見えない。

幸いにも空は青く、稜線との対比も美しい。この連山の稜線や山肌は、大小の岩がむき出しで、大きな起伏が多い。丸みの少ない鋭い岩肌は北アルプスの特徴で、険しい雄姿を誇示し、とりわけ大キレットや北穂高岳はより急峻に見える。ともかく雄大である。

（中略）

「案内した僕が言うのも可笑しいけれど、登山経験が少ない人でも、こんな素晴らしい光景が見られて、北アルプスの真っ直中にいる気分が味わえる所も、そう多くはないのではないかと思う」

「良かったね…無理矢理付いてきて」

皆を見回して良子が言った。

夕刻、太陽は西に近づき、槍から西穂高岳まで、山腹のヒダの陰影は少なくなり、赤っぽく様相が変わって、不思議な光景を醸し出し始めた。

（中略）

今回は会社に入って、財務も含んだ経営全般を再構築しなければならない。あの時より遙かに困難である。成功するには自分の考えの元、社員全員が同じ方向に動いてくれなければならない。丁度、作曲しながら、そして演奏もしながら、オーケストラを指揮するするようなもので、よく考えて行動しなければ、不協和音どころか、まとまりがつかなくなる。

幸い社長から全てを任された。問題は新参者の自分を受け入れてくれるかどうかである。自分もそうであるように、能力が低く、ましてや、重しにさえなる指揮官の下では、充分力を発揮出来ない者もいるに違いない。組織の興亡は上に立つ者次第で、間違えば衰退は速い。リーダーの重要性を強く感じている。

更に事は急を要し、まず資金が要る。銀行からの融資…大きな関門が待っている。こんな中、この危機や難問にも、美紀の心は奮い立っていた。

美紀には分を過ぎた欲は無い。彼女がいればそれでよい。愛する彼女のためになら、全てを捧げることができる。その絶好の舞台が与えられたのだ。そう思うと幸せな思いが潮のように満ちてきて、彼の持つロマンの心に激烈な火を付けたのである。

（中略）

「それに、当社のように小規模で、人材は育っていないが、研究開発型の会社を目指すには、天才的人材が必要で、彼がその一人かと思います。会社の根幹については天才が突っ走って、他の者は必死に付いて行けば良い。そうすれば他の者のレベルも上がる。そして皆が工夫して天才を補完する。そうすることによって、皆が潤えると考えています。そのためにも彼を早く磨かなければならないのです」

『国家の存続 ―人生方程式―』Survival of the state（Life equation）

志摩と大阪を舞台にした物語だが、国家自滅の機器に直面して、人口問題、経済、日銀の政策にも鋭く踏み込んでいる。一方、地震対応の建築技術、水害、津波用建築物とともに町の在り方、国家の在り方についても提言している。本書は『恋のおばんざい ―天下国家への手紙―』の姉妹作である。

現在の市場原理主義マーケットは、個人投資家の短期売買、空売りファンド、ヘッジファンド、証券会社の自己売買等強制的空売りで、経済をデフレへ、そして、一方の投機筋は出来高が少なく、仕掛けやすい日本の市場で、自己の利益のために、株をしていない人まで道連れに、個人や国の資産まで低下させ、好き放題にしている。

『国家再生塾』 The rebirth thinking school of a nation

（1）津波や水災害と高層ビルの長周期地震動対策（海岸部・山間地・都市部）
Measures against long-periodo ground motion of high-rise buildings due to Tunami and flood damage.（Near sea, Villages of mountainous area, City area）

（2）教育のシステムを根底から変えて、コスト削減、効率化、教育レベルを上げる
By doing change the education basic system, cost reduction increase efficiency education level up.

（3）人口減少、医療費、政府の無駄使いについて
Cause of population decline, Medical bills, Useless of government expenses.

（4）株式市場の改革
Stock market reform.

西川　正孝（にしかわ　まさたか）

昭和 21 年（1946 年）三重県生まれ。
昭和 40 年、大手の電機製品製作会社入社、昭和 48 年退職。
その後、数社の中小企業勤務、設計事務所、技術コンサルタント、専門校講師等、一貫して機械関係のエンジニアとして活躍。
著書に『約束の詩 ―治まらぬ鼓動―』『二重奏 ―いつか行く道―』『国家の存続 ―人生方程式―』『国家再生塾』がある。

恋のおばんざい ―天下国家への手紙―

2018 年 4 月 18 日　発行

著　者　西川正孝
制　作　風詠社
発行所　ブックウェイ
〒670-0933　姫路市平野町 62
TEL.079 (222) 5372　FAX.079 (244) 1482
https://bookway.jp
印刷所　小野高速印刷株式会社

ISBN978-4-86584-343-9